eromanga sensei
情色漫畫老師
伏見つかさ
插畫◆かんざきひろ
妹妹和不敞開的房間
Kadokawa Fantastic Novels

contents

eromanga sensei

妹妹和
不敞開的房間

情色漫畫老師

伏見つかさ

插畫◆かんざきひろ

1

Kadokawa Fantastic Novels

我總是會回想起，當妹妹來到家裡的那一天。

三月上旬，持續暖和的氣候中，只有這天從早上就冷颼颼，整片雪白的天空俯瞰著我們。

那傢伙就像暖春之雪般虛幻，躲在母親身後，低著頭靦腆的看著我。

從今天開始她就是你的妹妹喔。

這孩子就麻煩你多多照顧了。

對於雙親的請求，我笑著回答：好的。

在媽媽的催促下，那傢伙羞怯地來到我面前，低著頭而且滿臉通紅，接著小聲說著：

「初次見面，哥哥。」

我和妹妹，在這之後就再也沒有見過面了。

情色漫畫老師
ero manga sensei
第一章

第一章

四月的某一天。當我在廚房做晚餐時，咚！的一聲，天花板傳來一陣晃動。

「就說了再稍微等一下啊。」

咚咚咚咚！

我朝著上頭的房間回答，反而得到更激烈的回應。

「好啦好啦好啦好啦！知道了知道了！」

我拿起充分加熱過的平底鍋，單手把蛋打進去。

滋啾，啪滋啪滋……看著這似乎煎得無比美味的蛋，我「唉……」的發出嘆息。

——這該如何是好呢。

如果問我是什麼事情該如何是好，那就是關於我們兄妹的現況。

我，和泉正宗／十五歲／高一。

妹妹，和泉紗霧／十二歲／國一（年齡上）。

因為各種緣故所以只有我們兩個住在一起。

對我來說妹妹紗霧是唯一的家人，但她卻幾乎不曾走出房間——也就是一般被稱為家裡蹲的種族。當然也沒有去學校。

不只如此，就連身為哥哥，現在代替雙親照顧她的我，也被徹底謝絕會面。意志如此堅定的家裡蹲，我想應該很稀有吧。

明明很愛乾淨，但只要我不外出，想必她就一定不會去洗澡。

我們唯一的兄妹交流，就是剛才的敲地板……

這還真的只能說，我該如何是好。

雖然我家還有其他各種問題，但實際上真正會讓我感到嘆息的，就只有一個而已。

「好，完成。」

雙面煎熟的荷包蛋，以及番茄和萵苣的沙拉。幾乎不使用調味料，只用少量的鹽做些許調味。這就是我完全沒辦法理解，但妹妹卻很喜歡的食物。

「還是老樣子，這個像早餐的晚餐。」

這一年來，我煮飯的技術還真是進步很多。我把飯菜放上托盤，往妹妹的房間送去。通過盡是空房間的一樓，走上樓梯。

每當我踏出一步地板就會嘎吱作響，通知妹妹她的晚餐就要到來。

兩層樓的獨棟房屋，總覺得給兩個人住實在是太大了。

被我稱呼為「不敞開的房間」的妹妹的房門上，掛著一個愛心形狀的名牌，上面用很漂亮的字寫著「sagiri」。

我輕輕敲門。

「紗霧，我把晚餐拿來囉。」

開始等待。

就這樣靜靜等待一分鐘以後，我把托盤放在地板上。

「我放在這裡，要好好吃完喔。」

我用手掌拍拍太陽穴，嘆口氣。接著拿出準備好的紙筆用具，在便條紙上寫下留言。

我把便條紙讓托盤前的小小編織玩偶捧著，今天也繼續對妹妹傳達訊息。

——從房間出來，讓我見妳一面吧。

這是我唯一的心願。

我從一年前開始就持續戰鬥著。當然這只是個比喻，如果要問我和什麼戰鬥，讓我想想。

像是不肯走出房間的妹妹啦、幾乎不太回家的監護人啦、對於自己還只是個高中生所感到的諸事不如己意啦，諸如此類的。

我們兄妹之間沒有血緣關係。

因為雙親是帶著各自的小孩再婚的關係。

而留下我們，跑去新婚旅行的兩人，就像是高中生情侶般青澀，看起來真是非常幸福。

之後發生的那些我不願回想的往事就容我省略不提，總之，現在這個家裡頭只有我們兄妹兩個居住。這就是前因後果。

在那之後……我唯一的家人的妹妹就躲在房間裡頭，再也不跟任何人交流。

「到底都在做些什麼呢？」

這句自言自語，是在對妹妹說呢？還是在對沒出息的自己說？

又或者是同時對兩邊說？

我吃完飯後，走進自己位於一樓的房間，在桌子前坐下。

「好啦。」

接著打開B5大小的折疊式筆記型電腦。

我正從事著小說家這個職業。

用俗稱來說的話，輕小說作家這個說法應該更簡單易懂吧。

差不多在剛進國中的時候，我獲得輕小說新人獎的評審鼓勵獎而出道。

之後三年來，我在上學的同時，也以兼職作家的身分活動。國中生出道似乎是相當稀有的例子，在和我相同的文庫系列裡頭，似乎只有一位作家的年紀比我小。

因為初次投稿就突然出道，所以許多立志成為作家的人們所苦惱的艱辛過程，我一概不知。

當時還曾經覺得「我或許是個天才」而驕傲自滿過。不過，這種暫時性的自信，很快就被徹底粉碎。

第一章

我現在只覺得「我的運氣還真是不錯」而已。

我的筆名是和泉征宗，幾乎跟本名沒兩樣。

包括家人在內，除了與工作相關的人員以外都保密，所以我是高中生作家這件事，班上那些同學們完全不知情。

——直到最近為止。

「會怎麼樣呢？已經曝光了嗎？」

我緊張得心跳加速，同時自言自語著。

把話講明了，就是昨天我剛舉行了第一次的簽名會。

這是出道三年以來，首次的簽名會。

我基於如果被同學們知道會很丟臉的這種理由，至今一直都不肯露面，但只有這次是特例。

因為上個月，我所寫的學園超能力戰鬥系列小說，是我出道以來第一部順利完結的作品。作為完結紀念，就被一直想要讓「和泉征宗」登台亮相的責任編輯給趕鴨子上架。

於是，昨天我就前往會場所在地的池袋太陽城一趟。

簽名會真的非常愉快。

明明跟書迷面對面讓我事前緊張得半死，但卻愉快到讓我覺得沒有害怕的必要。

這個工作想要看到除了銷售數字以外成果的機會，真是少到不行。

像是真的很有趣，看得很愉快，還有很喜歡這個角色之類的感想——

能夠直接聽到書迷這麼說，我十分的開心，同時也帶給我強大的原動力。

我恍然大悟，不禁開始感謝起推薦我出席這場活動的責任編輯了。

到此為止都很美好。

在簽名會結束後我才突然想到。

來跟「和泉征宗」見面的書迷，也許會在網路上寫些關於我的情報。

雖然簽名會上禁止攝影拍照，但我還是高中生這件事，也已經在跟書迷閒聊時講出來了，再加上筆名與本名幾乎相同，說不定已經有人察覺到「和泉征宗」的真實身分就是在區立四高上學的「和泉正宗」了。

這可真是糟糕。非常糟糕。

如果在學校被人稱呼「和泉老師」的話，我有自信我會因此羞愧而死。

基於以上原因——

時隔大約三年，我再次試著在網路上進行搜尋自己名字這種俗稱自我搜尋的超級危險行為。

「……唔……呼～……真令人緊張。」

我用手背拭去額頭上的汗水。

自從在出道作品發售時進行自我搜尋，遭受重創以來，我便發誓絕對不在網路上搜尋自己的筆名或是作品名稱。

當時所受到的心理創傷，到現在還是個沒辦法一笑置之的回憶，所以可以心平氣和的進行自我搜尋的同行人士們，他們的精神意志真是堅強到讓我由衷佩服。

總而言之。

即使充分了解其中的危險性，我還是開始在網路上調查起昨天簽名會的相關情報。

「哦。」

接著，搜尋引擎的搜尋結果，接二連三地將寫了感想的部落格一個個列出來。

「『能跟和泉老師說話真是太開心了！』嗎……不不不，我才覺得能讓你感到開心真是太好了。呃～～還有這邊的感想是『和泉老師跟傳聞中一樣超年輕！』嗎……是什麼樣的傳聞啊？」

——呼……目前為止看來沒有什麼問題吧？

我拍拍胸口，繼續循著部落格的引用紀錄回查瀏覽「簽名會」的感想。

幸好，都沒有發現有任何文章提到有關於我的真實身分……

不過我隨性點選的連結，卻出現一篇這種標題的文章。

「唔！」

和泉征宗老師簽名的字有夠醜ｗｗｗ

「唔喔喔喔喔喔喔喔啊啊啊啊啊啊啊啊啊啊啊啊啊啊啊啊啊！」

我抱著頭發出慘叫。

「啊……啊啊……啊……」

『老師的字醜翻啦啦啦啦啦啦啦啦啦啦啦啦啊！』

『哇啊……』『看起來跟塗鴉沒兩樣。』『真是爛透了。』『這是哪來的小學生寫的啊？』

「咕哇啊啊啊啊啊啊啊啊啊啊啊啊啊啊啊啊啊啊啊啊啊啊啊啊啊啊啊啊啊啊！」

冷血無情也要有個限度吧。從我第一次自我搜尋之後沒再受過這樣重的打擊。

砰砰砰砰砰砰砰砰！

「這個垃圾部落格是啥鬼！我也沒辦法啊！因為我又沒有練習過怎麼簽名！你們竟然這樣批評我如此全心全意，一張張懷抱感恩的心情所簽的簽名……！不要把作家當成什麼藝人好不好，你們這群混蛋！」

我一邊喀噠喀噠的敲打鍵盤一邊發脾氣。

結果……

——咚！

妹妹採取重踏地板的手段表達「吵死了！」的抗議情緒。

妹妹的房間就在我房間的正上方。

「……嗚咕咕……唔，嗚唔。」

我把注意力轉向天花板，並且緊咬著下嘴唇顫抖。

就是這種情況！所以我才討厭網路！害我都哭出來了啦混帳！

就算是匿名，也該分得清楚什麼該說什麼不該說才對吧！

給我記住！

啪噹。

我邊哭邊把筆記型電腦輕輕蓋上。

現在是晚上七點。我為了散心跟順便買小說新刊，來到自營的書局「高砂書店」。這間店是兩層式建築，雖然空間不是很寬敞但輕小說的種類很齊全，氣氛也很明亮。

「哎呀，阿宗你也太小題大作了。這在網路上明明是很常見的事吧。」

露出苦笑的是這間書店的招牌女店員，高砂智惠。

她是個有著豔麗柔順的黑色長髮，外表柔和嬌弱，很有女孩子氣息的少女

穿著店內圍裙的她，是我的同班同學，也是少數知道「和泉征宗」真實身分的人物。

三年前，當我初次所寫的書在書店裡上架的那一天，因為我在店裡鬼鬼祟祟的（偷偷觀察有沒有人買我的書），結果就被智惠她老爸抓起來，留下被迫坦白一切的羞恥回憶。

從那時候開始，我跟她就成了不錯的朋友。

現在正好是智惠的休息時間，我們就在店裡的備品室裡聊天。

「這種事情很常見嗎？」

「嗯，不管藝人還是作家、動畫導演之類的，業界人士總是很常被批評。所以啦，這次的事情就像是有名稅一樣的東西，別太在意不就好了嗎？」

「但我也沒多有名啊……」

「…………啊，說的也是。」

妳也多少否定一下吧。

不過很悲哀的這是事實。

雖然我是因為寫作速度很快所以勉強算是撐下去了，但「和泉征宗」的評價，到了第三部系列作品，才總算大概到達中堅作家的水準了吧。好歹我也在沒被腰斬的情況下，完結了一部系列作品，稍微誇讚一下我也不為過吧。

雖然有當書的銷售超過預定數量時，會再次印刷書籍的再版制度，但剛完結的《銀狼》系列，是我出道以來第一次再版的作品。

「這麼說來的確很不自然呢。批評阿宗這種程度的作家，明明對增加部落格點閱數沒有什麼幫助啊。」

「妳說的話比那篇文章還要狠毒耶。」

「哈哈哈。不過啊……」

智惠稍微操作智慧手機一會兒後說：

「我剛才去批評阿宗的部落格看了一下，但這不就是幫你的小說畫插畫那位老師的部落格嗎？」

「！」

我睜大雙眼。

「咦？真的假的？」

「真的真的。」

「等等，讓我看看！」

「你看，是這個筆名沒錯吧？」

智惠讓我看了部落格的標題。

上頭寫著「情色漫畫的部落格」。只看這裡的話，大概會以為原來這是個介紹色情漫畫的部落格吧。

但是在標題下方，則寫著這樣的留言。

『目前擔任插畫家。※名字的由來是島嶼的名稱。跟情色漫畫沒有關係。』（註：此島嶼是指太平洋島國萬那杜的埃羅芒阿島，日文發音跟情色漫畫相近）

「…………真的耶……」

這位叫做「情色漫畫」的，是負責替我寫的小說繪製插畫的老師。

從我的出道作品開始就一直不斷受到他的照顧，所以我非常感謝他。

也因為有三年的合作關係，所以我個人是抱持著「我們真是對好搭檔呢」的這種想法，但是沒想到──

「咦咦咦咦咦咦！這個人在搞什麼鬼啊！」

對我的簽名口出惡言的犯人，沒想到偏偏是這個人！

「阿宗你有跟這位情色漫畫老師見過面嗎？」

「沒有！工作全部都是透過責任編輯在進行的！」

我連他是男是女都不知道。不過他的畫風是走萌系路線，大概多半是男的吧。

因為插畫家基本上是由責任編輯來決定的，也沒有直接討論的必要，所以三年來我們連一次也沒見過面。

「嗯──那為什麼你會被討厭呢？」

「咦？我被插畫家討厭了嗎？」

「不是嗎？因為總覺得他批評你時批得特別起勁呢。」

「唔嗚……果然是這樣子嗎……？」

但是，我不知道原因。難道我做過什麼惹情色漫畫老師不高興的事情嗎……？

在剛出道的時候，我是有抱怨過「這傢伙為什麼要取這麼猥褻的筆名啊」，難道是被他知道了嗎……？不過，那是因為……我希望他能諒解一下每次都要看著作品的書衣打上「情色漫畫」這些字的心情啊。稍微讓人抱怨一下有什麼關係。

「如果被討厭的話我是很想好好道個歉……但他是個什麼樣的人啊？」

「你問我也沒用啊。」

智惠聳聳肩膀說著。

「我反而覺得你們都一起工作三年了，卻完全不知道對方的情報才比較奇怪吧。難道沒有透過責任編輯見面的機會嗎？」

「責任編輯也沒有見過情色漫畫老師。工作似乎全部都是使用網路來處理，當初簽約的條件好像就是老師的個人資料要徹底保密還是什麼的。」

「這樣啊，還真是現今社會才有的工作方式呢。」

智惠很率直地感到佩服。關於這部分我也有同感，像我這樣學生就能工作的狀況，也可以說是在這現今社會才有的現象。

「你有試著在網路上搜尋過情色漫畫老師嗎？」

「試過啦，只跑出一大堆介紹色情漫畫的網站。」

這也是理所當然的。

「不對啦，稍微動點腦筋想想嘛。把你的筆名或作品名稱，空一格後打在後面一起搜尋不就好了嗎？」

「搜尋自己的筆名跟作品名稱什麼的，我怎麼可能會去幹這種事。」

「……啊～說起來你的確是抱持那種堅持的人呢。」

「嗯。所以啦，如果妳能幫我稍微調查一下的話，我會很高興。」

「好啦好啦。」

智惠用手指在智慧手機的畫面上滑動。

「雖然說是調查，但也只是看一下老師本人的部落格而已，看來不只是插畫，他在網路上還有各種活動呢。」

「各種活動是指？」

「就是各種活動啦……主要是轉播影片？」

「轉播影片？他明明是個插畫家耶？」

他是在做怎樣的影片轉播啊？

「我看看……在繪製插畫的同時進行實況轉播，在獲得官方許可的情況下進行遊戲的遊玩實況轉播……似乎就是這一類的活動。」

「喔喔～不過，不實際看過一遍，總覺得還是不太懂。」

「啊，阿宗你看這篇最新的文章。情色漫畫老師今天馬上就要開始進行實況轉播囉。揀日不如撞日，你要不要看一次試試？」

因為如此，我在「高砂書店」購買了幾本輕小說的新刊後就回到家中。避免太過依賴網路購物，盡可能在附近的實體店舖買書是我的堅持，雖然這部分我有許多想要高談闊論一番的論點，但現在不是講這些的時候了。

我豪邁的打開玄關大門。

「我回來了——」

跟往常一樣沒人回應。不過，我也毫不在意的往樓梯上方喊話。

「紗霧～晚餐吃完的話，記得把餐具放在房間門口喔——」

我回到自己位於一樓的房間後，重新打開筆記型電腦。

「在影片網站實況轉播……嗎……」

因為跟智惠聊了很多的關係，讓我對這位長年一起工作的「情色漫畫老師」重新產生興趣。

雖然三年前沒有好好調查，很乾脆的就放棄了……

不過他長得如何，說話是怎麼樣的聲音，是個有什麼想法的人呢？

對我，以及對我的作品，他會有什麼樣的看法？

卡喳、卡喳，我點著滑鼠瀏覽他的部落格。

看來這個部落格已經建立一段時間了，過去的文章還真是有夠多。

還有，關於我的簽名很醜的那篇文章，因為留言數暴增讓我有點火大。

「……唔姆姆。」

我停止繼續瀏覽文章，點擊通往影片網站的連結。

剛好影片的轉播似乎要開始了。

這個網站是由播放影片的畫面欄跟留言欄所組成，是個相當基本的樣式。

——等等這個畫面上，情色漫畫老師就會出現在裡頭吧。

現在我看到的畫面，是藍色的背景上頭以紅色文字寫著『繪製插畫邊和大家聊天⑯』的訊息。

『待機中』『好期待』的這類留言，正從右往左飄過去。

「開始了嗎……好啦……會是什麼樣的人呢？」

我盯著畫面看。

接著從筆記型電腦裡，傳來像是利用變聲器轉換過的低沉聲音。

「嗯——大家晚安。今天我打算在進行上色作業的同時跟大家聊天。請多多指教——」

『情色漫畫老師！』『好色！』『多指教喔——』『情色漫畫老師～～！』

「我、我才不認識叫那種名字的人！」

『又開始了w』『明明自己取這種筆名，為什麼還會不好意思啊？』『因為老是畫些色到不行的插畫，所以才會把情色漫畫拿來當筆名對吧？』

「我就說不是了！誰叫你們老是在那邊很色很色好色好色的叫來叫去！」

『好啦好啦w』『今天也請你畫出既可愛又色色的圖片！』

這類留言不停出現——看來都是他的支持者們在觀看實況。

喔喔喔……跟支持者們直接進行交流……這真是令人羨慕。

我也好想試試看——雖然這麼想，不過就算我邊寫小說邊實況轉播……

鐵定會很無聊。

「我話先說在前頭，今天要畫的圖不怎麼色喔。」

嘎嘰。畫面上冒出了繪製插畫用的軟體介面。整個畫面只顯示出女孩子的插畫，以及畫筆形狀的游標。

這樣一來，情色漫畫老師到底長什麼樣子，完全不得而知。

「今天要跟大家一起繪製的女孩子，是在和泉征宗老師的《轉生銀狼》中登場的女主角之一，紅兔！是我很喜歡的角色！雖然和泉老師在第三集就把她殺掉了！」

啊，對不起。

我不禁在心中向他道歉。糟糕，原來情色漫畫老師這麼中意那個女孩啊……這麼說來，紅兔的角色設計的確非常用心。

難道是因為這件事惹他生氣了嗎？

「真受不了，和泉老師真的是個混帳傢伙。竟然毫不留情的就把這麼可愛的女孩子殺掉。她對我來說就像是女兒一樣啊。」

他一邊吐露著對我的怨恨，同時迅速靈巧的將插畫上色。

不是！這是因為！我也沒辦法啊！因為是戰鬥型的小說嘛！

你那股怨恨，請去對凶殘地把紅兔殺死的金獅子（第三集的頭目級角色）講吧。

「♪」

情色漫畫老師邊哼著歌，邊幫紅兔上色。

……哦，原來插畫是這樣子畫出來的啊。

跟想像中還真有不小的落差。

游標的移動速度太快，我就算盯著看也還是看不懂，不過看來不只是繪圖筆，而是連滑鼠也有用上，簡直就像魔法般地接二連三迅速的上色。

雖然不管哪種職業都能這麼說，但專業人士的工作過程，看起來真的跟魔術沒兩樣。

就這樣看了一陣子上色的影片後，來到了「和泉征宗簽名會」這個話題上。

「啊，感謝大家的留言——沒參加《銀狼》完結紀念簽名會在這裡跟大家說聲抱歉。因為我不能露面，所以就拜託責編，請讓和泉老師一人出席。」

『其實你是個大叔吧？』『和泉老師是個跟傳聞一樣的美少女小學生嗎？』

「你們很囉唆耶。我沒見過和泉老師所以不清楚啦。」

他對其實你是個大叔吧這個留言，不加以否定只是苦笑，他果然是個大叔吧。對於從一個大叔手中，誕生出那張可愛的插畫這點，也許會有人感到心情複雜吧，但對我來說只覺得感動。因為實在太厲害了。

第一章

不過話說回來，我在網路上竟然被認為是個美少女，這是真的假的？

我明明就直接取了個男性筆名……真搞不懂這種現象。

「對了，和泉老師有在會場上擺飾用的簽名板上面簽名，但簽得實在太醜，害我忍不住把圖片上傳到部落格了呢。」

『那真的很爆笑ｗｗ』『根本就是塗鴉ｗｗｗ』

你們很煩耶！就算是事實，有些事情也不該講得這麼直接吧！

可惡！如果能直接見面，在道歉之前我一定要先向他抱怨！

「就這樣，完成～～♪」

『好色喔。』『唔喔喔喔喔喔喔喔喔喔！』『辛苦啦——』

『辛苦了——』『今天也看得很開心。』『超可愛的！』

這類感想留言在畫面上流動。實際上，他的確完成了一張高水準的插畫。

『請問這次也可以把老師的插畫弄成桌布讓大家下載嗎？』

「可以喔～～大家辛苦了。感謝大家收看。」

插畫明明已經完成了，但影片轉播還沒有結束。看來是要進入閒聊時段。

「哎呀——今天講好多話，稍微有點累。」

情色漫畫老師呼地喘了口氣。

「下次轉播時，要畫哪個角色比較好？」

『就畫金獅子吧！』『只要夠色誰都ＯＫ。』『目前正在播放的動畫角色也可以嗎？』——這些幫忙出點子的留言同時一口氣出現。就連我也情不自禁的，留下了希望可以畫某個角色的留言在裡頭。

「等等，你們一口氣講太多了！稍微等一下！」

接著經過一段沉默之後，原本顯示著ＰＣ桌面的影片畫面被切換，出現一個戴著面具跟耳麥的人物。

『喔喔！』『本人登場！』

——哦，是切換成網路攝影機了嗎？

也就是說，這傢伙就是「情色漫畫老師」吧。

跟照劇本走的電視節目不同，像這樣無法預測接下來會發生什麼的感覺，雖然充滿外行感但卻令人覺得相當不錯。

戴著像是在祭典上賣的動畫角色面具，而且戴上連帽外套的帽子，還是一樣讓人摸不清他的真實身分。雖然畫面那頭的房間很暗，再加上影片畫質不好所以無法判斷，但他本人比想像中瘦小。

情色漫畫老師打開動畫雜誌上角色人氣排行的頁面讓我們觀看。裡頭當然沒有我作品中的角色，因為都還沒有動畫化。

「就從這裡面選吧。啊，可以的話盡量選我負責的作品吧。畢竟我也對他們有感情了。」

選擇角色的留言再次在畫面上流動。情色漫畫老師也意外地講了些令人高興的事情——但是，我卻無法參與其中。

「…………」

因為不是做這些事的時候了。

「…………」

那些愉快的聊天我完全聽不進去，只能無言的持續看著陰暗不清的轉播畫面。

「…………這是怎麼回事？」

我自言自語。而我的視線則注視著他的後方，也就是房間的裡面。

那是剛剛……我幫妹妹煮的晚餐。

「啊！」

大概凍結了將近一分鐘後。我回過神來，用力搖搖頭。

狀況依然沒有改變。眼前的筆記型電腦上，依舊映出戴著面具穿著連帽外套的人物以及昏暗的房間。留言也因為正在討論下一次要畫那個女孩子，訊息熱烈地流動著。

然後如果仔細看的話，畫面上這個裝著雙面煎熟的荷包蛋以及沙拉的餐具，也跟我們家裡使用的一模一樣。而且食物一口也沒吃。

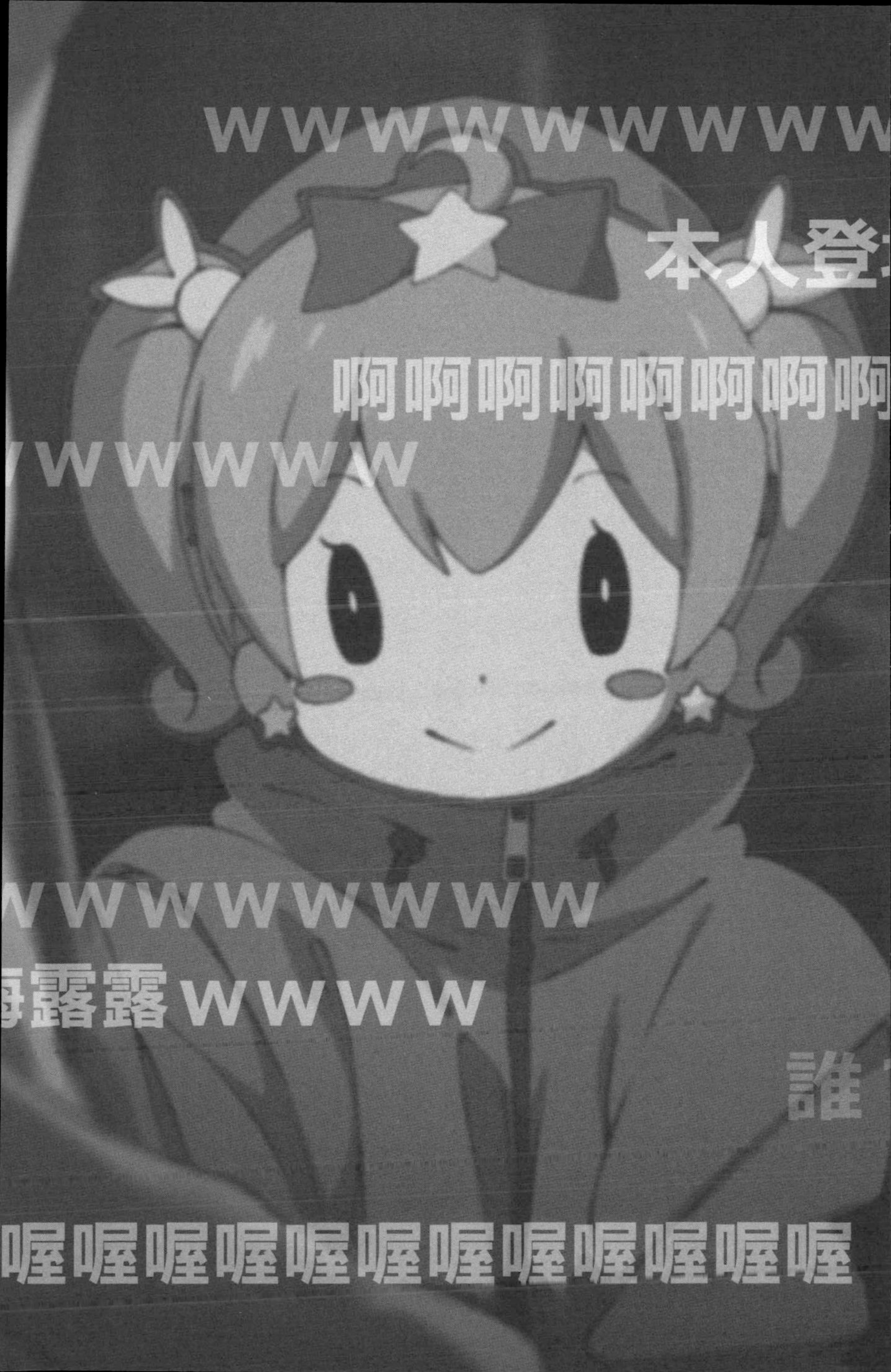

wwwwwwwwwwww

本人登

啊啊啊啊啊啊啊啊

wwwwwww

wwwwwwwwww

露露wwwww

誰

喔喔喔喔喔喔喔喔喔喔喔喔

「怎麼一回事？」

我再次自言自語。接著用比剛才要稍微冷靜一點的頭腦試著思考——還是不能理解。

「偶然嗎……？」

不對。雖然唯一的解答已經出現了，但我還是覺得難以置信。

「……出現在這畫面上的，是我家……嗎？」

我朝著天花板自言自語。

不，不不不。不是這樣。不要再欺騙自己了。

「這個人不就是我妹妹嗎？」

說出口的瞬間，連我自己都嚇一跳。

情色漫畫老師使用了變聲器，再加上面具以及連帽外套徹底隱藏了臉部以及身體的曲線。也就是說，就算他是個女性也不意外。

……我無法捨棄「不會吧」這種想法。

那個——整天關在房間裡頭，完全不跟任何人接觸的紗霧？

既能開朗活潑地跟支持者們聊天，而且還擔任我的插畫家？

「……這種事，有可能嗎？這什麼機率啊……」

說真的，雖然感到混亂，但我──和泉正宗的深層心理中，倒是確實響起了警報聲。

──這是個好機會。

也就是說。

如果「情色漫畫老師」就是「我的妹妹──紗霧」的話。

那現在，我的筆記型電腦，正跟那個封閉得固若金湯的「不敞開的房間」裡頭相連接著……沒錯吧？

雖然很難以置信，但如果是真的就太棒了。這一年來我總是束手無策，但現在卻有了飛躍性的進步。這個好機會，我一定要好好把握才行。

「快想想……！」

我把手肘靠在桌上，雙手抱著頭。

「……嘖…………不行！什麼都想不出來！」

因為就算靠網路連接到她房間內，我能做的事情也只有在影片上留言而已吧。那樣了是能有什麼幫助？而且我要寫些什麼才好？

『你是我妹對吧？』──否決。『快從房間裡出來吧。』──否決。

這麼做跟現在送晚餐時塞紙條留言有什麼兩樣。而且我還有不好的預感，做這種事一定會演變成不得了的大事件。那樣就本末倒置了。

在我煩惱的時候，畫面上對於「下次要畫的女孩子」的話題似乎已經有了結論，情色漫畫老師也已經開始總結。

「好啦，下次的轉播就預定在明天。」

該死，沒時間了！該、該怎麼辦才好！

當我正焦急於想不出對策時——

情色漫畫老師犯了一個小錯誤。

「下次也要收看喔。掰掰～～♪」

『辛苦啦——』『期待下次播放。』『乙乙。』『乙～～』（註：日文「辛苦了」前兩音與「乙」字相同，故網路上會用乙字來代替辛苦了）『咦？』

這是在實況轉播中偶爾會出現的失誤，簡單說就是忘記把網路攝影機關掉。

『喂ｗｗ畫面還在播放喔ｗｗｗ』『情色漫畫老師ｗｗｗ』

『攝影機攝影機！』『你忘記關掉囉。』

雖然觀眾們留言提醒，但情色漫畫老師卻沒有注意到。

……這情況，是不是不太妙啊？

要說犯下這種錯誤會有什麼後果，那就是以為播放已經結束的轉播者，會在觀眾面前直接展現出赤裸裸的自己吧。

舉個極端點的例子，似乎也有人沒注意到影片還在進行實況轉播，於是就在鏡頭前面脫光衣服，做出無法用言語形容的色色行為。

總之就是會把亂羞恥一把的私生活鏡頭對全世界公開。

真是可怕。本人絕對會後悔得不得了吧——————唔，喂喂喂！

我不由自主的將上半身探向螢幕。

因為現在畫面中，正要發生不得了的大事件。

「嗯啊~~~~~好好玩喔。明明肚子很餓了，卻忘記要吃晚餐~~」

情色漫畫老師站起來，接著開始緩緩地準備脫衣服。

她很不雅觀的用腳脫下襪子，走了幾步後就從畫面上消失，將披在身上的連帽外套丟到地上。接著面具還從畫面外飛進來。

『喔喔！情色漫畫老師的真實身分要曝光了嗎！』『反正只是個大叔吧。』

『該死，看不到啦！快走回來！』『看男人脫衣服有什麼好高興的。』

『襪子顏色還真是鮮豔。』『哦ｗｗ還真懂得如何取悅觀眾呢ｗｗｗ』

嘎答！

「糟糕啦啊啊啊啊啊啊啊啊啊啊啊啊啊啊啊啊啊！」

我抱著折疊成平板型態的筆記型電腦，全速飛奔出房間。

接著衝上樓梯往二樓「不敞開的房間」衝去。

「糟糕糟糕糟糕糟糕！這絕對很糟糕啊！」

是這樣沒錯吧？

如果情色漫畫老師就是我的妹妹。

如果真的就是同一個人的話！

妹妹的脫衣秀就要對全世界公開啦！

「ＳＴＯＯＯＯＯＯＯＯ——Ｐ！」

砰！

我以幾乎要敲破房門的氣勢，用力敲打妹妹房間的門。

咚咚咚咚咚！我斜眼看著夾在腋下的平板，不停的大力敲門。

「鏡頭啊啊啊啊啊啊啊！妳忘了關啦！鏡頭啊啊啊啊啊啊啊啊！」

咚咚咚咚咚咚！

「妳沒有關掉啊啊啊啊啊啊啊啊啊啊啊啊啊！」

像這樣不顧形象的對妹妹呼喊，也許還真的是第一次。

總之我拚命的敲。快察覺到！快察覺快察覺快察覺！

咚咚咚咚！敲門的聲音，聽起來有兩道聲音重疊。被我夾在腋下的電腦喇叭中，也傳來完全一模一樣的聲音。

這代表——看來我的猜測是對的。

『敲門敲得好用力喔！』『哦ｗｗ家人要衝進來了ｗｗｗｗｗ』

在這些留言滑過畫面的同時，嗶的一聲，影片轉播突然結束了。

「……切掉了…………………………………」

走廊重新變得寂靜無聲。

……雖然沒有仔細看，但我應該趕上……了吧？

最糟的情況……被我阻止了……吧？

「唔…………呼～～～～～～～～～！」

我緊緊閉上雙眼，保持著把拳頭壓在門上的姿勢，痛快地呼出氣。

哈啊、哈啊，我的肩膀隨著喘氣上下擺動。

「……守住了。我總算是……守住……妹妹的裸體了。」

姑且算成功了吧。

雖然也讓難得的機會溜走了。

「……但我不後悔。」

我離開房門，擦拭額頭的汗水。

「不、不過……給我做好心理準備吧。」

我狠狠瞪著房門。

「我絕對會讓妳打開這房間的門……！」

喀嚓。

當我剛發完誓，門就打開了。

「咦？」

我發出了愚蠢的聲音。

呃，因為——咦？等等……咦咦？……為什麼這麼乾脆就打開了？

嘰……嘰嘰……

我花了一整年時間都沒辦法開啟的妹妹房門，現在正緩緩開啟——

「……………………」

穿著睡衣的少女，出現在我眼前。

雪白的肌膚，襯著些許凌亂的銀白色長髮，無法讀取到任何情感的水藍色瞳孔。

彷彿只要稍微移開視線，她就會立刻融化消失。

這就是我的妹妹——和泉紗霧。

紗霧發現到我正張著嘴巴看著她後，用很小的聲音說著：

「好久不見，哥哥。」

這是我跟妹妹相隔一年的再次見面。

我到底僵硬了多久呢？當我回過神，妹妹就在眼前毫無表情的看著我。

雖然這是第二次見面，但我再次感受到她真是個楚楚可憐的人。不是像藝人那種庸俗的可愛，而是純淨無瑕，充滿自然的美感。不過啊，在這種面對妹妹的狀況下，我腦中浮現的想法竟然是這種東西，想必這就能夠知道我有多麼混亂了。

跟妹妹好好的見面，這是第二次——

「…………………………」

「……………………」

雙方不發一語的時間持續流逝。雖然不知道那傢伙現在正想些什麼，但我是因為劇情進展太過迅速，使得腦袋的思考無法跟上。

或者應該說……真的是這傢伙在實況轉播那個影片嗎？

是取了情色漫畫這種讓人看一眼就覺得猥褻的筆名的插畫家？

即使這樣實際看著她本人，還是跟剛剛影片裡的人完全連不起來。

果然……是有什麼地方搞錯了吧？

就這樣再過了一分鐘左右，我終於開口說話。

「……好久不見了呢……大概有……一年左右嗎？」

「…………」

她沒有回答，相對的，紗霧的表情微微顯露出不高興。

怎、怎樣啦？為什麼生氣啊？

……哎，如果說這傢伙其實是清白的，但卻突然被猛烈的狂敲門，那她擺出這種反應我也能夠理解。但是……

我稍微偷瞄一下筆電的畫面。播放已經結束，上頭只有一片漆黑的畫面。我就這樣緩緩的抬起視線，再一次看著妹妹的臉。

「我說……妳該不會就是……『情色漫畫老師』本人？」

「………………」

還是一樣沒有回應，不過。

……哇啊，她低下頭拚命冒汗！這反應超級做賊心虛的！

光靠現在的詢問，我就能以自由心證判定「啊，這傢伙肯定有嫌疑」了。

能像這樣把感情全寫在臉上的傢伙也還真少見。看起來明明就是個超沉默又沒表情的角色啊。

「果然妳就是剛剛在轉播影片的──」

「……唔！」

紗霧仍不發一語，她左右用力搖晃腦袋。

「嗚哇！」

咦？這傢伙是怎樣？

「妳、妳這是在說不是嗎？」

「………………」

紗霧連連點頭。然後就這樣低著頭，小聲的好像在自言自語說些什麼。

「咦？妳說什麼？」

「…………」

「我聽不到喔——」

我把耳朵湊到妹妹嘴邊。這樣一來我總算聽到她那非常非常細微的聲音了。

「……人家不認識，取那麼丟臉名字的人。」

那妳為什麼要取那種筆名啊。

如果這傢伙是「情色漫畫老師」本人的話，我真想對她這麼說。

「……」

紗霧一臉不滿的把頭別開。一副死不承認的態度。

「嗯嗯～」

這該怎麼說呢。感覺她越是加以否定，似乎就越描越黑。畢竟如果真的只是誤會一場，那就不該是這種反應才對。

該怎麼辦呢？當我這麼想著的時候。

紗霧仍不發一語，想要迅速地默默把門關上。

「等一下！這可不能讓妳得逞！」

嘎嘰。我的腳尖，被正要關上的門板夾住了。

「！」

嘎嘰嘎嘰嘎嘰嘎嘰！紗霧一慌，開始不停的開關房門。

「好痛好痛好痛好痛！」

「……開。」

這大概是在講「把腳拿開」吧——

「我拒絕！」

如果在這邊放她逃走，總覺得這扇門就再也不會開啟了。

「妳就是替《轉生銀狼》畫插畫的情色漫畫老師對吧？」

「……不、不是……不是……」

唔……別、別一副要哭出來的表情啦。這不就好像是我在欺負妳一樣。

啊啊可惡，我不是要逼問這個啦——

「很厲害耶。」

我明明就只想講這句話而已。

「…………」

低著頭的紗霧，用她那還泛著淚光的水藍色雙眼，稍微看了我一眼。

「！」

不經意的眼神交會，讓我吃了一驚。我一下子說不出話，吞了吞口水。

「剛才影片裡妳畫的插畫非常可愛呢。妳的支持者們看起來人數也不少……大家都非常開心。」

我移開視線，才終於能夠說出話來。

「妳一直把自己關在房間裡，我一直很在意妳到底都在房裡做些什麼……原來妳都在做這麼厲害的事情啊。」

「…………」

我將自己最率直的心情傳達給妹妹，但卻不敢看她的臉。

她到底在用什麼表情看著我，我無法得知。啊，嗚哇，糟糕，好焦躁。我有點慌了。

好、好不容易才能跟她說話，得讓對話進行更久一點才行。

呃，話題、話題話題話題——

「妳畫的插畫，都超色的呢。」

「！」

我在講什麼啊！

必須告訴妹妹的，不是這種鬼話吧！這樣她一定只想躲得遠遠的啦！

「還、還有！那個……就是。」

雖然我很猶豫……

「我很……高興。」

但我還是必須講出來。也就是「我的真實身分」這件事。

「……紗霧……其實，我……」

為了把我感到高興的理由，確實傳達給她。

「我是——」

「不可以！」

阻止我說出口的，是紗霧的大喊。

「咦？」

我懷疑是自己耳朵聽錯。於是錯愕的轉頭看聲音的主人。

「……不、不可以——是什麼不可以？」

雖然我有點驚慌失措，但還是這麼問。

砰！

取代回答的，是打在我鼻梁上的強烈一擊。

「……嘎……啊……！」

我按著臉，因為忍不住疼痛而退後了一兩步。

磅咚！

在天搖地晃的視線前端，我看到「不敞開的房間」再次封閉起來。

也發現到用來進行兇殘至極奇襲的那個凶器的真面目。

……紗霧那傢伙…………竟然用如此厚重的遊戲手把毆打哥哥。

與妹妹相隔一年的重逢，就這樣突然宣告結束。

留下來的只有鼻梁上的陣陣刺痛，以及無法把握機會的後悔。

「……可惡，這只是開始而已。」

還有，與好久不見的妹妹見面的喜悅。

隔天。

為了要開會討論新作品，我前往位於都內的出版社。

在編輯部裡頭的會議區等待一陣子後，我的責任編輯神樂坂小姐出現了。

「嗨，讓你久等了！」

俏麗短髮搭配成套褲裝，雖然全身像是女強人風格的服裝打扮，但因為隨性的講話方式與外貌的關係，讓她看起來像女大學生。

我從座位上站起，迎接神樂坂小姐。

「妳好。」

「抱歉呢和泉老師～前一個討論會議稍微拖了點時間。」

神樂坂小姐走過桌子，在我的對面坐下。

「最近真的好忙喔♪因為好多暢銷作品都是給我負責呢～昨天跟之前也都只睡了兩個小時而已喔。不過這是常有的事所以完全沒問題！」

「嗯，妳真是辛苦呢。」

我內心真的覺得隨便啦。比起這些還不如快點把我的作品捧成暢銷大作。

雖然我非常想這麼說，不過也不能才剛見面就把真心話都爆發出來。

以現狀來看，她是身為個人業者的我，唯一的大客戶。

萬一不小心跟這個人吵起來，我就會暫時沒有收入，對未來的工作也會產生阻礙。如果是以前的我那也就罷了，但對現在的我來說，這可是攸關生死的問題。

所以就算對方的態度親切，我還是會緊張。

不過，我希望趕快講到重點。

「前幾天的完結紀念簽名會，真的非常感謝妳。那個，今天，我是為了要討論新作品而過來的！」

「我想也是呢。不過你才剛寫完最後一集而已，稍微休息一陣子也沒有關係喔。」

「我沒有本錢那麼悠閒。得趕快在讀者們把我忘掉前推出下個系列作品才行。」

你還真是上進呢——神樂坂小姐微笑著對我說。

「那麼……馬上開始討論吧，首先是關於企畫書與劇情大綱的部分。」

「我帶實體資料來了，可以請妳幫我看看嗎？」

咚唰。咚唰。咚唰。咚唰。咚唰。咚唰。咚唰。咚唰。

我把從波士頓包裡頭拿出來的成疊紙本，堆在面前的桌子上。

神樂坂小姐「咦？」的一聲後瞪大了眼睛。

「這是什麼？」

「是新系列的企畫書。總之我先寫了兩部，然後都寫完第三集了。」

「啥？嗯？企畫書？寫完？」

「這邊是跟前一個系列相同的校園超能力戰鬥作品。這邊是異世界冒險作品。然後這個是跟以往不同的家族系作品，雖然只寫完第一集而已，但姑且還是拿來了。」

「……………」

顯得無比動搖的神樂坂小姐，嘴巴緊閉成一條直線，快速翻閱我厚重的「企畫書」。

「你給我等等！這些不叫做企畫書吧！全部都是完成的原稿了嘛！」

「我覺得這樣比較快呀。企畫書就是把自己寫的內容傳達給對方知道就好了沒錯吧！所以只要讀完這個，就可以把我想寫的方向全部傳達給妳才對！」

「我應該教過你，企畫書要寫成能在十秒內把主旨傳給對方吧！」

「妳有講過嗎？」

「這麼多的話，不就沒辦法現在討論了嗎！不、不過既然有完成的原稿，這樣也不錯。所以，有兩個系列，你已經寫到第三集了？然後，第三個系列第一集的原稿則是已經寫到最後了？你還是老樣子，只有寫作速度特別快呢。」

請妳不要講得好像我沒有其他長處一樣。

「所以呢？跟那堆分開放的這疊紙本是什麼？雖然我是覺得不太可能……但難不成你寫了第四個系列作嗎？」

我回答這個問題。

「這些是為了這次的系列作品要動畫化時所寫的腳本。」

「你是白痴嗎！」

責任編輯使出全力拍打桌子。

「我、我說錯什麼了嗎！等到動畫化時才認真寫不就太遲了嗎！應該要在作品紅了開始忙碌之前就事先完成才對啊！」

「連要不要發售都還沒決定，打如意算盤也要有個限度吧！明明連半次跨媒體製作的經驗都沒有，為什麼你能這麼充滿自信啊？」

「太過分了！我可是一直以寫出超人氣系列作品為目標在進行創作耶！」

雖然成果還沒有出現就是了！但是，我有緩緩的在進步啊！

「我啊！只是想把自己覺得有趣的東西不停的、不斷的寫出來而已！」

「那你也得為把這些全部看完，然後去蕪存菁的我想想吧！我都已經忙到昏頭了！看你這樣子，想必到企畫通過前每個禮拜都會寫出新作品來吧！我不會再阻止你，但是如果寫得太無聊我看完序章就會淘汰掉！聽到沒？」

在充滿怒罵聲的新作會議結束後。

我在收拾東西準備回去時，神樂坂小姐小聲地說句話。

「和泉老師，你變了呢。」

「什麼？」

「大概是從一年前開始吧。總覺得跟以前比起來，似乎沒辦法那麼從容不迫了，說好聽點就是完全表現出渴望的精神吧。《銀狼》也是，在中途開始改變作品氛圍，之後有稍微獲得一些人氣，所以才從被腰斬的危機裡逃脫出來不是嗎？」

「啊——」

讓我改變的事實在能想到太多了。

「以前這只不過是興趣的延伸罷了。寫出自己覺得有趣的小說，能讓大家閱讀，讓大家看得開心就好，就只是如此而已。」

畢竟我當時只是個國中生，講極端點，銷售狀況好不好我根本無所謂。

我不並打算當太久的小說家。畢竟這是個比想像中還要嚴苛的職業，到考上大學為止大概就會封筆不幹了吧，之前總有這種隱約的想法。

「現在不這麼想了嗎？」

「我需要錢。」

我很直接的講出口。如果讓過去的我聽到，想必絕對會大發雷霆吧。

就算如此，現在的我非奮鬥不可。

得趕快賺到錢能夠獨立生活才行。

「喔～～那不是很好嗎？」

神樂坂小姐笑著說。

「很好嗎？為了這麼俗氣的理由而奮發向上。」

「如果可以激起和泉老師的鬥志，那對我們來說其實什麼理由都無所謂。而且需要錢這種想法，對職業作家來說其實很普通喔。啊啊，你這麼一說我就想起來了，我還有一個能讓你激發鬥志的材料。」

「？是什麼？要找有名的插畫家跟我搭檔嗎？像是『一』老師之類的。」

我有個很單純的疑問，為什麼當插畫家的人們，都會只用一個字，或是刻意使用難以搜尋的文字來取筆名呢？

「當然不是。還有你說這種話，要是長久以來負責和泉老師作品插畫的情色漫畫老師聽到了，可是會很生氣喔。」

在這裡，出現了對現在的我來說非常重點性的名字。

「不管和泉老師怎麼樣發揮那異常的寫作速度，情色漫畫老師可是毫不抱怨的接下那些工作，所以你可不能隨便花心喔。」

看來神樂坂小姐似乎還是想委託情色漫畫老師，繪製接下來新作品的插畫。

對我來說她是個非常難能可貴的工作夥伴，這真是求之不得的事情。

但我的心情卻很複雜。因為那個人，是我的妹妹啊。

「我很感謝情色漫畫老師喔，真的。」

「那就好。」

「所以，要給我的禮物是什麼？」

「鏘鏘～」

咚，神樂坂小姐把一大疊的紙本資料放在桌上。

當她露出這種笑容時，絕對不會有好事發生。

「……這疊……紙本……是？」

「是我從網路上收集來的《銀狼》感想喔！來！快看看這些然後激發鬥志吧！」

「我一直有跟妳說過，因為我很害怕，所以絕對不看網路感想的吧！那個理由妳應該非～～～～常清楚才對啊。」

「那當然♪所以這些資料可不是隨便收集起來而已，是根據我的專業知識嚴格挑選出來的『讀者感想』喔。雖然裡頭有各式各樣的意見，不過你就全部當成是『我所說的意見』接受吧。」

「…………」

神樂坂小姐經常冒出這種出乎意料或強人所難的舉動。

我曾覺得她就像是會強迫你進行一些莫名其妙修行的師父角色，也偶爾會覺得她怎麼不快點去死一死算了，但現在她是我重要的客戶，想要推出優秀作品的心情想必是跟我一樣的，雖然不會一股腦兒的盲目聽從，但不管她說什麼都應該聽到最後才行。

反正靠我的溝通能力也沒辦法拒絕。

「前陣子，有其他的編輯對我說『不要去參考讀者的意見』。」

「啊，是這樣子嗎？不過跟那個人比起來我睡得比較少所以聽我的準沒錯！來！請快點來閱讀吧！」

「好啦好啦。」

在她的催促下，我心不甘情不願的拿起紙本。這些看起來是從大型討論區的討論串留言，以及讀書心得網站的文章等地方列印出來的。

「請問～～……」

「什麼事？」

「怎麼內容好像全部都在批評我的作品！這是錯覺嗎！」

「的確都是批評沒錯，怎麼了嗎？」

「這不是應該是要激發我鬥志的禮物嗎？」

「我啊，是那種如果被人批評，鬥志就會被猛烈激發的類型喔。」

「沒人在問妳！我是被人批評就會很普通的陷入沮喪的類型啦！」

所以我才不去看網路評價——我明明已經講過很多很多次了啊……！

不過啊，都已經下定決心不要吵架了還變成這副德行，我還真不適合這個行業。雖然現在說已經太遲了，但我曾經以為小說家是個只要寫小說的職業，但實際上卻得要拚命地跟別人講話才行。這跟想像中也相差太多了！

「因為和泉老師的精神跟豆腐一樣脆弱嘛，你應該除了支持者的來信以外從來不看讀者的感想吧？不偶爾像這樣受點折磨，就會沒辦法成長。對我來說，我可是希望你能夠寫出更多更多優秀作品出來呢。」

這人在補充說明些什麼鬼。

受點折磨？她剛剛說受點折磨？

讀者啊，這就叫編輯。

「…………」

我從笑嘻嘻地看著這邊的責任編輯身上，無言的把視線移開，然後翻閱著這些被列印出來但我卻完全不想看的感想。啊啊好痛。好痛好痛。內心好痛。

被責任編輯講成是沒用的廢物，這我已經習慣了——或者該說，就算把網路上的批評意見全部收集起來，這傢伙的講話方式遠比讀者們要毒辣。

不過這兩邊是不同的痛楚。不管哪邊所說的，其實都很沉重。

責任編輯，對作家來說就像是死神。

但是讀者，對我來說是重要的人們。

「啊！這個部落格！」

當我翻頁時，一道超級開心的聲音傳來。

「這是情色漫畫老師在自己的部落格上，親自寫下對《銀狼》的感想喔！請你務必要閱讀一下！」

……我看看。

「情色漫畫老師對於自己喜歡的角色，在最後一集又死掉這點似乎感到非常憤怒。」

「那當然會生氣啊！真是的，你要好好反省啦！所以在開會的時候，我才會不停的講說不可以寫這種劇情發展，講了好幾次講到我嘴巴都痠了呢！」

附帶一提。

她沒講過。

在我的記憶中她反而非常稱讚那個劇情發展。

她總是這樣，自己說的話老是反覆無常地改變。

「您說的是！非常抱歉！」

對於責任編輯的腦內妄想，我低頭道歉後就當作耳邊風，原來情色漫畫老師不只是講我的簽名壞話，連我的作品感想都寫在部落格上頭啊。

應該說，寫的人就是紗霧啊。

我在想著這些事情的同時翻頁觀看，結果——

「…………………這是！」

我在這時睜大了眼睛。

回到家，我立刻猛力地衝上樓梯。

站在「不敞開的房間」前，我單手按在房門上，「呼～～～～～～～！」的吐氣。

「呼哈……！」

因為從車站跑回來的關係，我喘不過氣來。明明很清楚自己想要做什麼，但腦袋裡頭卻沒辦法整合起來，讓我不禁搖頭。

「紗霧……」

我在編輯部看了妹妹的部落格。

反正一定是寫了一堆壞話吧——我已經有了先入為主的觀念。

但是。

我在那裡看到的，是她畫的《轉生銀狼》系列完結紀念插畫。

那是張至今登場過的角色全體集合，一眼就讓人看得出灌注了很大的功夫與感情在裡頭，我真心認為這是非常出色的插畫。

「……情色漫畫老師。」

我把雙掌壓在「不敞開的房間」上頭說著。

《銀狼》系列，對現在的我來說是部代表性作品，也是個已經結束的作品，我已經開始撰寫全新的作品，所以想必不會再繼續撰寫後續了。

但是，在紗霧所描繪的插畫中，本來以為不會再見到的這些傢伙們，正在對著我揮手。

他們帶著似乎會說出「再會啦，讓我們都好好保重吧。」這種話的表情。

我……多虧了紗霧，才能夠好好地跟他們道別。

我是這麼想的。真的很開心。所以——

「喂，妳聽得見吧？」

我想見紗霧一面，然後跟她道謝。

不是以她的哥哥身分，而是以總是在一起工作的和泉征宗身分向她道謝。

為此，首先有件事情是非做不可的。

就在最近，有個絕佳機會出現在我眼前，但卻沒能辦到的事情。

「紗霧！情色漫畫老師！聽我說！」

雖然紗霧應該不知道這件事，我也害怕告訴她這個真相。

雖然那個時候，因為紗霧打斷我說話而錯失良機。

「我──！」

從內心湧上的感情，在我背後推了一把。

我使出渾身力量大喊，彷彿要貫穿這扇無法開啟的門。

「我就是！寫了《轉生銀狼》的和泉征宗！」

磅！

「嗚啊！」

「不敞開的房間」突然猛烈開啟房門，並強力打在我的臉上。

「咕唔……唔、唔唔…………」

我忍不住壓著臉，一屁股坐倒在地上。

這是讓到剛剛為止的嚴肅氣氛，頃刻間就煙消雲散的沒用模樣。

……該、該怎麼形容……

雖然這種攻擊在輕小說裡很常見，不過在現實中重現就會發現，這股威力可真不是蓋的。

而且無法閃避。某個動畫的主角似乎成功抵擋住房門攻擊，但我的修練還不夠純熟，沒辦法到達那種境界。苦悶了大約十秒左右，我終於能夠抬起頭來。

「搞什麼鬼啊！」

當我抬頭一看，出現在那裡的，是我穿著睡衣的妹妹。

心臟感覺就像被緊緊抓住一樣，讓我說不出話來。

「…………！…………」

紗霧滿臉染上紅暈，水潤的眼睛大大睜開，看起來非常驚訝。

「……真、真的是……？」

那是不集中注意力就會漏聽，非常細微的聲音。

果然紗霧她並不知道我的真實身分。

就跟我不知道情色漫畫老師的真實身分一樣。

所以，才會像現在這樣互相進行確認。

「哥哥就是……和泉征宗老師……？《轉生銀狼》的……作者……？」

「……嗯，是啊……沒有錯。所以妳就是……」

「…………」

「…………情色漫畫老師，沒錯吧？」

隔了好一段時間，紗霧才非常輕聲地說：

「……………人家才不認識取那種名字的人。」

妹妹不發一語的低下頭。而我也沉默的盯著纖瘦的妹妹看。

隨後……她像是要逃開我的視線似地別過頭去，接著用非常害羞的聲音，將自己之前說的話收回。

「……是、是又怎麼樣？」

這下子，我終於確定了自己搭檔的真實身分。

我很自然的搖搖頭。

「當然不會怎麼樣……我終於跟妳見面了。」

這是對三年來一起工作的夥伴所說的台詞。

紗霧咬著嘴唇，一臉像是在忍耐些什麼的表情，但最後小聲的說著：

「……進來。」

「咦？」

「……怎樣？」

「沒、沒事……妳剛剛……」

「你沒聽到嗎？……我說，進來。」

「可以嗎？」

她至今都不曾開啟過的房間，竟然說要讓我進去……

「……我、我都說可以了。」

「是、是嗎？」

為什麼之前不行，現在卻可以了呢？雖然這類疑問一一浮現。

但回答我早已決定好了。

「知道了，那我就打擾一下。」

就這樣。

家中的禁忌領域——「不敞開的房間」，我將第一次踏入此地。

「不敞開的房間」是在我跟老爸還有老媽，三個人住在一起時還沒有的房間。這是當媽媽跟妹妹決定要搬來家裡之後，才進行增建的房間。

「……好暗。」

隨著啪嚓一聲，房間變得明亮起來。看來是紗霧打開了電燈。

總算能夠看清楚房間的全貌了。

在現實中初次看到的妹妹房間，跟透過電腦所看到的果然是同一個。這是個大約四坪大小的寬敞房間，進來後首先就會看到四處隨地擺放的布偶。

「哇啊，一大堆遊戲跟書。」

書架上有好幾套少年向的輕小說與漫畫，我的著作也全部都很齊全。

而有著較大空間的下層，則是電玩遊戲一字排開。用來遊玩這些遊戲的主機則收納在電視櫃裡，但擺不下的主機就開始侵略地板的空間了。

其他還有床、桌上型電腦、電腦桌、鏡子、電視等等物件。

話雖如此，但像這樣開燈環視一看，卻也不像是宅宅系的房間，粉彩色系的窗簾搭配可愛的小擺飾品、布娃娃，在這些物品的奮鬥之下，看起來還是很有女孩子房間的感覺。

……還有股很芳香的氣味。

總覺得這讓我有點尷尬。

「整理得很乾淨嘛。」

「……嗯。」

我當然沒有進來打掃過妹妹的房間，所以這都是她自己清理的吧。跟媽媽說的一樣……她是個喜歡乾淨的妹妹。

我輕輕的拍了拍妹妹的頭。

「很厲害喔。」

「不要……」

「嗯？妳說『不要把我當成小孩子』嗎？」

「不要碰我。」

「………………」

內心好痛……這個吐嘈刺傷了我的心臟。真是個冰冷無情的傢伙。

當我這樣東張西望時，妹妹用著很厭惡的表情說：「……下。」

「妳說『還是再摸一下』嗎？」

「在、那、邊、坐、下。」

「……是。」

相貌端正的人一旦發起脾氣，真的很可怕。

我照她所說的坐下後，紗霧也跟著在我面前跪坐下來。

「……那個……」

當妹妹剛要開口說話時，我毫不猶豫的把身體探過去。

「呀啊！」

嘎哩。她反射性的往我靠過去的臉抓了一把。

「好痛！」

「你、你、你要幹嘛……？」

「妳說話太小聲了，我只是想聽清楚點才把臉靠過去啊！……不要那麼害怕好不好！我的內心會很受傷耶！」

「……………」

紗霧鼓起她的臉頰。

她真是個把感情全部表現在臉上的傢伙。

「……靠近我。」

「妳說『不要靠近我』嗎……就算妳這麼說。但如果不靠近一點會很不方便吧？」

「……哼！」

紗霧突然轉過身，並且爬向桌上型電腦那邊。

接著就把耳麥戴起來。

「這樣子聽得到嗎？」

紗霧的聲音變成透過麥克風傳出的音質。看來是把變聲功能關掉了。

「……啊啊，嗯……那就這樣吧。」

畢竟姑且算是能聽清楚了。

就這樣，事情演變成明明對方就在眼前，卻要透過麥克風說話這種奇妙的景象。

當「兄妹的對話」可以開始進行後，首先是紗霧——

「為什麼會知道？」

她這麼說著。就算聲音變大了，還是個省話的傢伙啊。

「呃——妳是想問『為什麼我會知道「情色漫畫老師」的真實身分』這個問題嗎？」

我試著翻譯她說的話，紗霧點點頭。

「……在那之後，我一直很在意。不然，是不會讓你像這樣進來的。」

「…………」

我還以為，因為我的真實身分是「和泉征宗」的關係，使她的內心發生變化，所以才讓我進到裡頭，看來是我想錯了。

為什麼自己的真實身分會曝光，因為在意曝光的理由，所以讓我進來……原來是這麼一回事啊。

——是我太自作多情了。

雖然我並沒有抱持著太樂觀的態度，但內心確實相當失望。我老實的回答：

「因為妳的後方，拍到我做的晚餐了。」

「啊。」

紗霧像是講著「糟糕」似的張開嘴巴。她稍微思考一下後……

「……但、但是……為什麼那麼剛好，你會來看我的實況轉播？」

「這也是有點小小的原因啦……」

我把到目前為止的事情進行說明。

第一次的簽名會結束後，我對於自己的長相是否曝光而感到不安，於是就在網路上進行了自我搜尋。結果就發現「情色漫畫老師的部落格」上，在嘲笑我簽名的字很醜。跟朋友商量之後，她告訴我情色漫畫老師似乎會出現在影片的實況轉播裡頭——我把這些事說給她聽。

「接下來的事情妳應該也很清楚。我察覺到妳的身分，然後妳忘了把網路攝影機關掉，正要開始脫衣服的時候——」

「唔嗚！」

紗霧她瞬間變得滿臉通紅。

看來她已經想起來差一點就要對全世界轉播自己的脫衣秀這件事了。

「已、已經夠了。這件事……我了解了。」

「是、是喔。」

……………………

沉默再度充滿房間。紗霧原本就是個無比怕生的人，而且連我也相當緊張，所以演變成這種情況也是理所當然的。經過一段相當漫長的尷尬時間後，紗霧終於開口說話：

「……果然，哥哥你就是『和泉征宗老師』嗎？」

「嗯，是啊。情色漫畫老師。」

「人、人家才不認識取那種名字的人！」

所以說，如果真的覺得羞恥的話，為什麼要取那種筆名啊？

比起這個。

「妳剛剛說『果然』對吧。難道妳發現了嗎？」

紗霧搖搖頭。

「第一次見面時，我只覺得，你跟『那個人』名字一樣而已。」

「……這樣啊。」

一年前，我們初次相遇時，其實已經一起合作兩年了。事實有時比小說還離奇，這句話真是不假。

「……沒想到，真的是同一個人，連想都沒想過。」

真的嚇了一大跳，紗霧這麼自言自語著。

「因為……這是要什麼樣的機率……」

我也講過類似的話。果然大家會這麼想呢。

「……那個……多少……要有證據之類……」

「證據？我是和泉征宗本人的證據啊……有很多喔。」

例如說——

「我第一次請情色漫畫老師幫忙畫女主角插畫時的事情。」

我回想起來。

那是我即將要出道前。

我所構想的女主角，第一次被畫出來時的事情。

「我真的…………非常開心，到現在也還會像是昨天才發生似的回想起來。當時的我因為太過感激，所以就寫了近百張原稿用紙的感謝信寄給情色漫畫老師。」

「！……那個……我也會像昨天剛發生的事一樣想起來。像是裡頭很囉唆地寫了好幾次希望胸部可以畫大一點之類的。」

「可以的話希望妳把這部分忘掉。」

這就是，只有和泉征宗本人以及當事者才知道的插曲。

「那個時候……真是抱歉。」

「……是……真的。」

紗霧用右手碰觸自己的左胸，接著一把抓住那單薄的胸部。

這恐怕是她無意識的習慣動作吧。但因為她這個動作，睡衣的鈕釦一個個被彈開，大大地露出雪白的胸口。

「我就說我是本人了嘛。」

我拚命地把自己的視線從妹妹的胸口移開。

我、我幹嘛這麼激動啊！

身為一個哥哥，妹妹的裸體什麼的，得要能心平氣和地看待才對吧！

「…………」

「…………」

沉默的時間暫時持續了一陣子。我們彼此都非常驚訝，看來應該都受到不小的衝擊吧。

「沒想到我跟情色漫畫老師，其實就住在同一個屋簷下。」

「……我現在，也還不敢相信…………還有人家不認識取那種名字的人。」

我們的視線沒有相會，只能零零落落的說些話。

「……那個……因為太突然了……該怎麼辦才好我也……」

「的確是這樣……總之。」

雖然有很多想對她說的話，但因為精神上的準備實在不夠充裕，所以首先要說的就是這個。

我啪的一聲把雙手合十。

「老是要妳畫些色色的插畫真是對不起！」

「唔嗚！笨、笨蛋！」

「不要用麥克風吼那麼大聲啦！」

我趕緊把雙耳塞住並且大喊。

嘰——嗡。

耳鳴許久未停。好危險啊——

「萬一鼓膜震破了要怎麼辦啊！笨蛋！」

「你、你才是笨蛋！」

紗霧滿臉紅通通地，開始雙手亂揮亂打。

「色狼！變態！之前也是！今天也是！對、對女孩子突然說出那種話……！絕對不可以這樣！」

這傢伙……看來只要害羞程度超過一定的數值，就會展現出攻擊眼前對手的習性。之前會用遊戲手把對我奇襲，大概也是這個原因。

「……不需要那麼生氣吧。我只是在對一直以來，老是要求妹妹畫那些色色的插畫這項罪名謝罪而已啊。」

而且啊，妳剛剛那些話，不像是一個沒穿胸罩&上衣鈕釦又全開的人該講的吧。

情色漫畫老師的穿著，遠比那些插畫還要色吧。

「畫那些色色的插畫，是工作，而且我很喜歡所以沒關係！但是說那些話就是不行！」

……原來妳喜歡畫色色的插畫啊。

但卻不能說接受……

「為什麼？」

「……………嗚。」

面對我的詢問，紗霧低下頭來沉默不語。臉變得比剛才更紅。

「為什麼紗霧妳明明最喜歡畫色色的插畫，可是卻不行談論自己畫的那些色色插畫呢？」

我提出問題。當然這並不是想逼問她，只是單純有這個疑問而已。

結果——

「……嗚……嗚嗚……這……」

「這？」

「這怎麼可能說得出口啊！」

叩！

「好痛！妳這傢伙！竟然又拿遊戲手把打我……！」

「哥哥是笨蛋！有夠遲鈍！輕小說男主角！」

這、這真是嶄新的罵人用語。

但是，我的聽力可不像他們那樣衰弱喔。

雖然因為妳說話實在太小聲了，所以經常會聽不清楚而已。

「知道啦，知道了啦。我不會再說了，是我不好。」

「……知道就好。」

呼、呼，紗霧上下晃動肩膀喘氣。

不愧是家裡蹲，馬上就氣喘吁吁地。

而且表情真是有夠煽情，讓人不敢盯著看。

真不愧是取了情色漫畫這種筆名的傢伙。

情色漫畫老師非常情色。真是人如其名。

雪白的臉頰泛著紅暈，紗霧伸出手指來指向我。

「唔唔唔……而、而且說起來……很多事情……都是哥哥你不好！」

「很多事情是指什麼啦？」

「例、例如說……對、對了！放假時都在家裡待太久了！」

「我是個兼職作家，所以禮拜天在家裡頭工作很正常吧！」

「……暑假時也是？」

「暑假當然也是啊。那時候每個禮拜都過著被連續退稿的日子，也不停熬夜……所以就連幫妳煮飯都忘記了。」

「等等！暑假那時會沒飯吃，難道不是為了把我逼出房間而使出斷糧策略嗎？」

「就只是單純忘記而已啦。什麼斷糧啊，難道別人家的媽媽會做出這麼過分的事情嗎？」

「哥、哥哥你還不是做出一樣的事情了！」

也對，結果是一樣沒錯。

「咕嗚……當我不管怎麼踏地板，都沒有送飯過來時的絕望……哥哥你會懂嗎？」

看來是想起當時的情況，紗霧眼角泛淚地說著。

「想吃飯就從房間出來吃啊。」

「我覺得走出房間就輸了。」

「就算妳說得像句名言，還是一點也不帥氣喔。」

而且跟那句工作就輸了的台詞比起來，妳這句的廢人程度可說是大幅提昇了。

「因為暑假時，哥哥一直在家都不出門，所以幾乎沒辦法去洗澡……就連去個廁所都要費很大功夫……」

這問題還真讓人能感同身受。

不過我的房間在一樓，紗霧房間所在的二樓因為也有廁所，所以也不是完全不能去吧。

「因為待在家裡的時間太長，我還很擔心哥哥是不是沒有朋友呢。」

「不用妳多管閒事啦！」

我有啦！朋友什麼的！我有一些啦！像是智惠啊！

再來……還有……我想想……啊啊算了！

「既沒朋友也沒交女友，就是因為這樣所以你描寫友情跟戀愛時才會那麼沒說服力喔。」

「輪不到妳講別人吧！而且這根本不太會影響寫作好不好！我認識一個正在腳踏兩條船的前輩，他可是寫得出無比出色的純情戀愛喜劇耶！」

「因為那個人是文筆很好的垃圾所以寫得出來。但哥哥你沒辦法吧？」

「……不要講得好像這是理所當然的事一樣好嗎？」

好歹我也有在新人獎裡得獎好嗎？

咕唔唔……這可惡的傢伙……

我也狠狠指著紗霧說：

「妳、妳還不是一樣，戰鬥場景的插畫實在畫得有夠爛！」

「什麼！」

紗霧瞪大了眼睛。

「這、這我可不能聽過就算了……而、而且那是因為哥哥你描寫的內容實在太難懂了！」

「應該說麻煩妳看著資料畫好嗎！妳的插畫裡那些拿槍的姿勢根本超莫名其妙的！」

「那種東西我怎麼會知道啦！有意見的話你把資料寄給我不就好了！還、還有說到資料！為什麼到中途你就沒有把角色的外觀設定寄過來了？在小說本文內你也都沒有好好描寫，這樣子我不就不知道要畫什麼類型的女孩子了嗎！」

「因為就算我把外觀設定寄過去，妳也一樣沒有照著畫啊！而且隨著集數推進，女主角的身高也一下子長高一下子又變矮，那是怎麼一回事！」

有些角色明明設定成身高相同，可是當她們站一起時，卻發生身高差了半顆頭的珍奇現象。

「那是因為……那樣子比較可愛所以我就那麼畫了嘛！」

「那從一開始就照妳喜歡的來畫啊！我就照著妳的插畫來撰寫就好啦！」

「怎麼可以那麼做！哥哥你這樣沒資格當小說家！」

「唔咕咕咕咕咕……」「嘰噫噫噫噫噫……」

我們在近距離齜牙咧嘴對峙。

讓小說家與插畫家見面很容易發生衝突的實際例子，沒想到就在我們之間發生並且獲得證實。就是為了不讓這種事情發生，編輯才會總是在我們之間居中協調，讓工作得以順利進行吧。

「「哼！」」

我們互相賭氣把頭撇到不同方向。

經過一陣子的沉默以後，我盡量裝作自然地先開口。

「我說，妳為什麼要做這種事情？」

「……為什麼要當插畫家嗎？這不是什麼稀奇的事情啊。在國中生裡頭，作畫水準遠遠超過我的人隨處可見。」

「我不是問這個。」

以學生身分出道這種事，連我都辦得到了。在這種時代，的確不是什麼太稀奇的事情。

我想問的不是這個——

我一直以為，紗霧是雙親不在了以後，因為陷入消沉所以才變成家裡蹲。

所以，知道她在進行這麼積極正面的活動時，讓我有相當大的落差感。

「妳邊畫圖，同時進行影片轉播，還跟支持者們很開心的聊天對吧？」

「咦……是在說那個？」

「對啊。為什麼會開始這種活動呢？」

「不、不行嗎？」

「很不錯啊。」

我馬上這麼回答。並且盡可能地以溫和的語氣說著：

「要我來說的話，雖然覺得在部落格上批評工作夥伴這點不太好。但在網路上進行些活動，我完全不會覺得不好喔。」

「…………」

紗霧沉默的緩緩朝我看來。

「？怎麼了？」

我的心臟像受驚嚇般強烈的跳了一下。

在這之後又過了十秒左右，紗霧終於輕聲的開口了。

「…………因為很愉快。不管是畫圖、轉播影片，還是跟大家聊天。」

她沒有用麥克風，而是用自己的聲音說出口。

「…………」

「…………………」

又經過一段沉默之後。

「……那個……哥哥你想問的，應該不是……這些事吧？」

「不。」我搖搖頭。「就是這些事。」

因為很愉快，所以才畫圖，所以才轉播影片。

嗯，這不是很棒嘛。這個答案令我非常滿意。

「是、是嗎？」

「是啊。如果妳願意說的話我還想知道更多，從一開始到全部。因為我對妳的事情幾乎一無所知——」

我真沒出息，明明都在一起生活一年多了。

「………」

紗霧經過一段漫長的思考，接著再次把耳機的麥克風拿到嘴邊。

「會開始畫插畫的契機……是因為媽媽教我畫的。」

「！」

「從小開始，我很自然的開始不停畫畫。非常的開心……然後，不、不知不覺間……我就變成職業畫家了……媽媽也……稱讚我好厲害……」

帶著些微不自然的停頓，紗霧如此敘述著。

原來教導情色漫畫老師繪畫的是「紗霧的媽媽」啊。

「媽媽不在了以後……我曾有一陣子變得無法畫圖……」

這麼說來——

曾經有段時間，插畫的完稿速度非常緩慢。

「怎麼樣也沒辦法走出房間……而且也不知道該怎麼辦才好……這個時候，我看見其他插畫家，在進行影片轉播。」

這是跟情色漫畫老師完全不同的笨拙說話方式，我為了不要漏掉她說的一字一句，集中注意力聽著。

「那個人，在跟大家聊天的同時，一邊愉快的畫畫。畫完以後，就當場，詢問大家的感想……我看了，很羨慕。我也……想變成那樣。」

「是這樣啊。」

「然後啊。我也試了一次以後…………真的，非常有趣。看到我畫的插畫，大家都稱讚我畫得很可愛。看到我畫的過程，大家都驚訝的說，好厲害。也有人跟我說，請再多畫一點。明明我還待在房間裡，卻可以跟世界上的人變得這麼要好。也能像朋友一樣地遊玩、聊天。這真的，非常、非常的——」

紗霧就像是正在作美夢的少女般紅著臉頰。

「令人為之心動。」

——啊啊。

跟我一樣，我也是這麼想的。

「我想要更進步，想要畫更多更多的圖，讓更多的人看。過沒多久，當我沒有在工作的時候，我就滿腦子只想著影片轉播的事情……不只是畫插畫，就連遊戲也變得會跟大家一起玩……不知不覺間，就整個迷上了……嘿嘿。」

「這樣子啊。」

的確是會迷上呢，我也非常能夠理解。

「其實我會成為小說家，也是因為看到在網路上公開自己小說的人們，似乎也很快樂的關係。」

「……是這樣嗎？」

「是啊，在我出道前，文筆還是爛到不行的時候……我也有寫過網路小說喔。」

然後，也收到了人生第一封書迷的來信。

我很高興，非常非常高興。

所以現在，我才能像現在這樣待在這裡。

第一個給我讀後感想的那個人，現在是否還有在閱讀我的小說呢？

「……是這樣啊……和泉老師也是……」

「嗯？老師？」

「啊！沒、沒事！」

紗霧慌忙的揮手。

「什麼事情沒事？」

「不、不要管那麼多啦。哥哥有寫過網路小說這件事，我早就知道了啦！」

「是、是嗎？我想想，那麼，在那個影片轉播裡，把聲音跟語氣都裝得像是男性的理由是什麼呢？」

「因為……我會怕，而且又很丟臉……」

這是怎麼回事呢？我試著稍微想想看。

如果紗霧沒有假裝成是個男性的話，會怎麼樣呢？

影片還會是像現在這種氣氛嗎？我想大概不會吧。

不管怎樣，「女孩子在轉播」這種附加價值都會被加上。當然這不是什麼壞事，但是支持者之中就必定會有奇怪的傢伙混在裡頭，對一個十二歲的女孩子來說，也許是個有點可怕的環境。

「原來如此，我懂了。」

我噗哧一聲笑了出來。

「有、有什麼好笑的？」

「沒有，只是沒想到我能有像這樣跟妳說話的一天。」

「…………」

跪坐著的紗霧，握緊了擺在大腿上的拳頭。

當我想著她思考些什麼時。

「不過是讓你進來房間一下而已……不要太得意忘形。」

她說出了這些話。

「我可不是對哥哥你敞開心扉喔。」

「……我想也是。」

就算她肯叫我哥哥，但我們還是一點也不像是兄妹。

場面陷入寂靜，瀰漫著沉重的氣氛。

「……因為機會難得……所以想問問……為什麼要這麼關心我。放我自生自滅不就好了嗎……像我這種人。」

「給妳添麻煩了嗎？」

「……對、對啊。」

是嗎，她果然是這麼想啊……不過，這也沒辦法。如果不是我對監護人說了些任性的話，現在我們一定各自分開居住了吧。

「妳是說，想要知道為什麼我要這麼照顧妳，是嗎？」

紗霧點點頭。

「想知道嗎？」

「……我想知道。不是，因為，我有幫哥哥的小說繪製插畫的關係，對吧。因為哥哥之前，即使不知道這件事，還是一直有在照顧我……」

的確，妳說得沒錯。

「是嗎？妳想知道啊。」

我很得意的豎起一根手指。

「那麼，我們來交換條件。」

「咦？」

「交換條件。我會回答妳的問題，但相對的也要讓我提出一個條件。」

「……………」

「……………」

我們無言地對看一陣子後。

「不行嗎？」

「看、看條件內容。」

「別擔心，不是什麼很困難的條件。」

「…………色色的事情不行。」

「我才不會提出那種要求！為什麼妳一副我肯定會提出色色要求的反應啊！」

「因為，你都一直要求我畫一些色色的插畫啊。」

這還真是滿有說服力的理由，但那是工作，而且我一直以為對方是男性耶！

這傢伙……明明她自己也喜歡畫些色色的插畫……

「當哥哥的人，是不會對妹妹做出色色的行為的喔。」

這是當然的吧。

「……那、那你要對我提出什麼條件？」

於是我理所當然的帶著滿臉笑容這麼說：

「別再當家裡蹲了，到外面來吧。」

「絕對不要。」

「是嗎，那好吧。」

「咦？」

紗霧驚訝得瞪大眼睛並且不停眨動。

「妳不是不要嗎？那就不用交換條件直接告訴妳吧。」

「咦……可、可以嗎？」

「當然可以，硬是逼妳答應也沒有意義啊。」

「喔……好吧。」

紗霧低著頭，自言自語地說著。

「不過這可不代表我放棄了喔……那我要說了。呃，我會照顧妳的原因是——」

當我稍微停頓一下，紗霧馬上正襟危坐起來。

我接著說：

「因為妳是我的妹妹……而且媽媽她也拜託過我，要我多照顧妳。」

「…………這就是，理由？」

「嗯……」

沒有馬上回答「是啊」的理由，會是什麼呢？

我把手指抵在下巴思考。

「一年前，當家人只剩下妳一個以後，我一直思考著媽媽曾說的『麻煩你多多照顧』到底是什麼意思，要怎麼樣才是做到『我有好好照顧了』這點。但是，結果我還是搞不懂。雖然搞不懂，但總覺得大概就是像這樣照顧妳就對了。就只是如此而已。」

「……完全聽不懂你在說什麼。」

「我想也是。」

就連我也搞不太懂自己在說些什麼。

「這不是什麼好笑的事，不要矇混過去。」

「啊——該怎麼說呢，我之所以會一直照顧妳，是因為我認為這麼做比較好。像現在這樣明明住在同一個屋簷下，卻完全無法見面，實在很令人感到寂寞。我還是想跟可愛的妹妹一起吃飯，也想好好的照顧她。」

幸好，我還擁有可以辦到這些的手段。

「……我們明明幾乎沒有說過話。」

「既然幾乎沒有說過話，那麼從現在開始多聊天就好啦，我是這麼認為的。」

「……不用找我也沒關係吧。感到寂寞的話，根本沒有必要找像我這麼麻煩的妹妹來好好相處啊。」

原來她還有自覺啊。

「不，我想跟妳好好相處喔。」

「為什麼？」

「因為是家人。」

「我們算是家人嗎？」

「是啊。」

我如此斷言。

「因為我們就像這樣住在一起了啊。」

「……是嗎？我不這麼覺得。並不是住在一起，就能夠稱為家人。」

紗霧站起來，並且指著房門。

「話說完了。出去吧，哥哥。」

「好啦。」

我很聽話的朝出口走去。接著在門口轉頭，

「紗霧。」

「什麼事？」

「謝謝妳幫我畫了完結紀念插畫。」

我一直想講的話，終於說出口了。

「──」

我的妹妹有點驚訝的張大嘴巴，但馬上就變回沒有表情的態度。

「像笨蛋一樣。那種東西，只不過是基於人情才畫的而已。」

她說完就把頭別過去了。

情 ero manga sensei 色 漫 畫 老 師
第二章

距離初次進入妹妹房間，已經過了好幾天。

我們互相知道「對方的真實身分」後，原本以為會有什麼改變，但卻什麼都沒發生。

我們再次回到跟往常一樣的日常生活之中。

紗霧依舊躲在房間裡，我也過著在學校、家事跟工作中來回奔波的每一天。

——並不是住在一起，就能夠稱為家人。

「說得沒錯，不過不用妳說我也很清楚。」

即使如此，我也已經下定決心要成為她的家人，成為她的哥哥。

我可不能因為這種程度的挫折就垂頭喪氣。

此時——

咚咚咚咚！

從天花板上，傳來催促食物的聲音。

「知道啦知道啦知道啦，我現在就拿過去給妳啦！」

我跟往常一樣，把早餐送到妹妹房間。

「嗯……嗯唔……」

我大大伸了個懶腰，放鬆一下僵硬的肩膀。

今天是禮拜六，學校放假。

我大概都是從禮拜五到禮拜天晚上不眠不休的活動，所以現在還算很有精神。

平日因為還得去學校，所以就得盡可能在週末一口氣將工作進度向前推進——這應該不只是我，而是兼職作家共同的想法才對。

「總之先洗個澡，然後去買東西吧。」

我一直待在家裡的話，紗霧也會很困擾的。

正當我這麼想著時。

叮咚，家裡的電鈴響起。

「哎呀，紗霧～～幫忙去開個門～～」

我對著妹妹的房間喊話，當然反應是——

咚！

有反應是不錯啦……

「不過也不用這麼生氣吧……」

像剛才這種情境，如果在我的拜託下，妹妹可愛的回應「來～～了♪」然後去迎接客人，這樣子是最理想的……看來離我夢想實現的日子還很遠，真是的。

叮咚、叮咚叮咚！

「來～～了♪」

雖然很哀傷，但現實裡發出可愛聲音迎接客人的，是我這個哥哥。

可是這個客人還真是急性子。竟然這樣連按電鈴……

「請問有人在家嗎！有人在家嗎！」

就在我聽到精神飽滿的女孩子呼喊聲時，我來到了玄關。

我轉動門把將門打開。

「請問是哪位——呃。」

我一下子變得無法動彈。因為站在門外的，是個令人驚嘆的美少女。

白色與深藍兩色的水手服，茶色的長髮，在黃昏的夕陽映照下反射出閃閃發亮的光輝。

但最讓人印象深刻的，是那大大的笑容。

這真是洋溢著生命力，光是看到這笑容就能讓人精神百倍。

這傢伙如果是遊戲中的角色，絕對是光屬性。

正向的靈氣從她身上源源不絕地釋放出來。

「…………」

我抬頭往樓上看……

……跟我家的妹妹完全相反。

我腦海中不禁這麼想著。

我的妹妹雖然非常惹人憐愛，但她病態般的雪白肌膚，嬌小的個子，扁平的胸部，微弱的聲音，偶爾還會露出彷彿要吸走靈魂般的笑容。

完全就是闇屬性。

負面的靈氣從妹妹身上源源不絕釋放出來。

當然啦，她也不是只有缺點而已——

正當我沉浸在自己的思緒之中時，我發現眼前的少女正陷入錯愕。

「啊，啊啊抱歉。那個——請問，妳是哪位？」

或者說我想問的其實是，像這樣的美少女來我家有什麼事？

她聽完擺出一副「這問題問得很好」的得意動作，堂堂正正的報出姓名。

「我是神野惠，是和泉紗霧的同班同學！」

「紗霧的……同學？」

「對！」

紗霧的同學，也就是說跟她同年齡啊……換句話說……就是國中一年級？她的外表還真是成熟，完全看不出來前一陣子還只是個小學生。感覺跟我差不多年紀。

「不過這位哥哥，請問你是和泉同學的哥哥嗎？」

「嗯，是啊。」

「但是，你們沒有血緣關係對吧？」

「…………是沒錯。」

這個女孩子，竟然把別人難以啟齒的事情毫不考慮地就說出來。

不過我倒不會因此感到不愉快。反而對她的率直抱持好感。

「根據我打聽來的情報，你現在跟妹妹是兩個人同居的狀態……是這樣子對不對？」

「還有個監護人在，所以也不算是兩個人同居喔。」

我給她一個敷衍用的答案。雖然那個監護人因為完全不回家，所以實際上就跟兩個人同居沒兩樣……不過沒必要對外人說這些，只會讓事情變麻煩而已。

惠她「哼嗯」地含糊回了我一聲。

完全搞不懂她在想什麼。

光看剛才的交談，她似乎對我們家的事情做了一番調查……

今天明明學校放假，但她還穿著制服過來，是跟學校有關的事情嗎？

「那個……神野同學是嗎？」

「叫我惠惠就好囉，在學校大家也都是這麼叫我。」

我既不是妳的朋友也不是妳的同學。

那麼丟臉的小名我怎麼可能叫的出口。

……但也不能就這樣回她。

「那我叫妳小惠……這樣可以嗎？」

「咦～不行啦。」

「不行嗎！」

沒想到會被拒絕……

「人家想要跟哥哥好好來往嘛。如果你無～論如何都不肯叫我『惠惠』的話，那就請直呼名字叫我『惠』吧。」

惠抬頭看著我，並且雙手互握做出「拜託姿勢」這麼說著。

……這傢伙怎麼回事？真是個愛裝熟的小鬼。

「我知道啦，那就請多指教囉，惠。」

「好的！」

她露出充滿燦爛光芒的笑容。

如果是一般的男孩子，光是這樣就會被這可愛笑容俘虜了吧。

「所以，妳為什麼要來我們家？是幫紗霧送講義過來嗎？」

「…………」

「嗯？怎麼了？」

當我這麼一問，惠她突然變得一臉不高興。

「奇怪～～？太奇怪了，怎麼可能會有不對我一見鍾情的男孩子呢？」

接著突然開始講出非常可怕的話來。她是多有自信啊。

「哥哥你難道喜歡男生？」

「不是！為什麼妳會有那種結論！」

「因為啊，人家都全力展現笑容了，但你卻完全不為所動嘛。」

……這傢伙……外表看起來也許像個天使，但性格卻是個小惡魔。

那笑容是刻意展現出來的嗎？這小鬼還真可怕，明明才剛從國小畢業而已。

「雖然我的確覺得妳是個很可愛的女孩子，但不代表我會這樣子就對妳一見鍾情。」

「唔——」

惠她嘟起嘴巴，一臉無法接受的表情。

蠢蛋。我可是每天都在洗超越妳的美少女，也就是我妹妹的內褲耶，所以怎麼可能到現在還會對女人一見鍾情。

惠她嘟著臉頰說：

「但是會對我沒有反應，哥哥你的小雞雞是不是已經發揮不了功能啦。」

「對啦對啦，就當作是————什麼？」

漫長的沉默。

咦？什麼？我聽錯了嗎？

「妳……我說妳……才剛從國小畢業沒錯吧？」

「沒錯啊。」

「妳跟我妹妹同年齡吧？」

「沒錯啊。」

「剛才，妳是不是講了小雞雞這個詞？」

我這是在說什麼鬼。如果剛剛是我聽錯的話，我的社會生命可就要結束了。

在情報匯總部落格上就會刊載。

【悲報】輕小說作家和泉征宗，對十二歲的美少女性騷擾。

會有這類的報導吧……但、但是……

「我說啦！有什麼好奇怪的嗎？我最喜歡小雞雞了！」

「最、最喜歡？」

「是啊，跟我年紀差不多的女孩子，大家都最喜歡小雞雞了！」

不可能！這這這、這種事情不可能發生！年紀差不多的女孩子？不就是小、小六跟國一的嗎！現在的小學生女孩，在性方面竟然糜爛到這種地步嗎？

「不、不可能……怎麼可能會……」

日、日本到底變成什麼樣子的國家了。在我還是小學生的時候，應該還沒這種風氣才對……

不、不對……也許只是我們這些白痴男孩子沒發現而已……實際上……不管是看起來很清純的那

女孩，或是看起來很正經的那女孩其實都……？嗚、嗚哇啊啊啊啊啊啊啊啊啊！

看到我受到如此激烈打擊，惠開口說道：

「真是的，不用那麼驚訝嘛。你的妹妹也一定很喜歡小雞雞喔。」

「怎麼可能會有這種事！」

我宰了妳這臭婊子喔！就就就、就算是一瞬間而已，但竟然讓我有了奇怪的想像！

該死！怎麼會這樣！我對女孩子的印象，竟然在短短幾分鐘就發生致命性的崩壞……！

看著猛力搔抓著頭髮的我，惠她很乾脆地說道：

「這是開玩笑的。」

「…………………」

「就說是開玩笑嘛。真是～～哥哥你也太吃驚了吧。」

惠她咯咯地笑著。

到哪句為止是開玩笑啊，小學生其實都還沒事嗎？不過，我已經沒力氣去反問了。

「好啦，那就回頭講正經的。」

「……隨便妳啦。」

我無力的垂下肩膀。於是惠說聲「那個～～」讓話語重新沉澱一下後。

「我是班上的班長。」

「啥？」

班長？這個……體現了不純異性交往的臭女人？

「啊，你不相信對不對。我是說真的嘛。」

這樣的話，那就不是被人把麻煩事推到自己身上的常見例子，而是因為想要出風頭才自己跳出來當班長候選人的類型吧，我想肯定是這樣。

班長——惠輕輕咳了一聲後，

「我是為了要讓和泉同學去學校上學而來的喔。」

她微笑的切入主題。

「打擾了～」

「哎，妳就隨便坐吧。」

「好～」

我讓惠進到客廳裡頭。其實，像這麼不知羞恥的傢伙，我實在不想讓她進入我與紗霧的家裡來，但知道她的來意之後也不能把她拒於門外。

我前往鄰接在客廳旁邊的廚房。

我的母親……老媽她因為非常喜歡做菜，所以我家的嵌入式廚房相當的高檔。對我來說，每次看見這些超高規格的各種廚具，都讓我產生「沒辦法善加運用真是抱歉」的歉意。

我從巨大的冰箱裡隨便拿個果汁，倒進杯子後回到客廳，惠正坐在兩人座的沙發上，興致勃勃的對房子內東張西望。

當她注意到我後，就說聲「啊，謝謝」跟我打聲招呼。

「妳在看什麼？」

「我看到那邊掛著很可愛的月曆呢。」

「啊啊，那個啊。」

客廳裡，掛著我著作作品的月曆。這是少數有商品化，製作成周邊產品的其中之一。《轉生銀狼》第一集的封面圖，正彩飾在四月的月曆上。

「這是我喜歡的小說的月曆。」

因為沒有必要特地告訴她我就是作者，所以我這樣對惠回答。

「欸～這不是和泉同學，而是哥哥你喜歡的嗎？難道說這就是所謂的阿宅嗎？」

「嗯，算是吧。」

我沒辦法否定。畢竟這也是事實，而且，因為那是紗霧畫的插畫，所以我當然是超喜歡的。不過啊，對看起來就像是現充的惠來說，我應該很不討喜吧。她又是個口無遮攔的傢伙，也許會說些我很噁心之類的話吧。

我盡量不顯露表情，在內心做好心理準備。結果——

「真不錯呢。」

得到這種回答。

「其實我也挺宅的喔，從以前就超～喜歡看漫畫的！」

「哦，這還挺意外的。妳都看些什麼漫畫？」

「我最喜歡航●王了！」

「……是、是嗎？」

哦，航海●耶！超好看的！我也超喜歡的！

如果開口這麼說的話，說不定我也有成為現充的資質。

不過，雖然我每個禮拜都很開心的追著連載。但這樣真的就是喜歡看漫畫嗎？是不是因為這是「大家都喜歡的超人氣作品」的關係，所以才跟著喜歡而已呢？我不禁這麼想著。

「話說回來，和泉同學她人呢？」

惠如此切入主題。

我把果汁擺在茶几上後，對惠說聲：「稍微等我一下」以後，就前往「不敞開的房間」。走上樓梯，站在牢牢緊閉的房門前。

……雖然覺得沒什麼希望，但說不定……

我賭上萬分之一的可能性，高聲呼喊。

「紗霧～妳的同班同學來找妳囉～」

一秒、二秒、三秒……

咚咚！

「……看來是生氣了。」

果然變成這樣……該怎麼辦才好呢？

背對「不敞開的房間」轉身離開，我無精打采地走下樓梯。這時——

嗶嗶嗶嗶嗶嗶！放在口袋裡的智慧型手機響起鈴聲。看液晶螢幕，是個不認識的號碼。我按下通話鈕，放在耳邊。

「喂，我是和泉。請問是哪——」

『……是我。』

「是紗霧嗎！」

我像是緊咬著鮮肉不放的猛獸般對她回話。雖然只是很小聲的細語，但我是不可能會聽錯妹妹的聲音！

『對、對啦。』

「果然沒錯！……妳啊，明明就在家裡，為何還要打電話啊。」

這是什麼狀況？說起來，這傢伙有從房間裡頭打電話給我的手段啊。至於是她自己有手機，還是透過電腦利用什麼軟體打來的就不得而知了。

不過這樣也好，妹妹的電話號碼GET！

『……要在不開門的情況下跟哥哥講話，就只有這個辦法了。』

「是沒關係啦，不過真虧妳還知道我的電話號碼。」

『……這種事情無所謂吧。』

雖然很在意這點，但逼問她的話也許就會掛斷電話了。

『比、比起這個……哥哥，剛、剛剛是怎麼回事？』

「什麼怎麼回——嗯，啊啊……妳們班上的班長，現在來我們家裡了喔。」

『為、為什麼你要讓對方進來家裡～～～～！哥、哥哥你，想殺了我對不對？』

「哇啊！」

音量突然變大！看來是用上麥克風了。

「不，我只是想說，搞不好這樣子妳就肯從房間裡出來——」

『才不可能出去！我不出去我不出去！說不出去就是不出去！快把她趕回去！』

「唔嗯——」

雖然我也很清楚，要讓紗霧從房間出來是不可能的。

不過，我還是想在不被妹妹討厭（很重要）的前提下，請她務必做些讓步。

畢竟機會難得。

「要馬上趕她出去是不可能的……先讓我聽聽看她怎麼說吧。」

『就算聽了也沒用。』

「但還是得聽聽——我說，就算透過電話也好，妳想不想跟同學試著說些——」

『不想！』

她瞬間就回答我。

「……知道啦。那我掛掉囉。」

『等、等等。』

「怎麼啦？」

『…………那個班長……是女生？』

「對啊，是個滿可愛的女孩子喔。」

雖然是個臭婊子。

『…………………………………………………』

「……紗霧？」

『……我不跟她說話。但是——』

「但是？」

沉默持續了一會兒，不過，我耐心的等待著。

『不要掛斷電話。就這樣帶著過去……小心不要被她發現。』

「……妳的意思是？」

嘎嘰。似乎像是要回答我的問題般，「不敞開的房間」的門微微地打開。

接著從隙縫中，某個物體被丟了出來。

我把那東西撿起來，

「……是要我把這東西戴起來吧。」

「……對。」

紗霧丟出房間外的……是個無線耳機。

當我打開客廳的門，惠靜靜的坐在沙發上，前後擺動著裸露度很高的美腿。

「讓妳久等了。」

我走到惠附近。智慧手機就放在胸前口袋中，無線耳機則是用單耳戴著，這麼一來不管是外部的聲音或是紗霧的聲音，我都能夠聽見。相反地，紗霧的聲音則不會讓惠聽見。

「咦？哥哥。和泉同學呢？你不是去叫她了嗎？」

我搖搖頭。

「？她不在家嗎？」

「不，她亂在家一把的。」

「亂在家一把，真是奇怪的日語。」

因為她一直待在房間的程度，已經到了讓我想這樣形容的地步。

「這先不提了，既然在家的話為什麼不叫她出來呢？」

「因為她不肯從房間出來。」

「…………」

也許是這個理由太過直接了，惠在一時之間沒辦法反應過來。

看到她驚訝到不停眨眼的樣子，我以非常自傲的態度說著。

「怎麼樣，根本無計可施對吧。」

「不要講得好像很了不起一樣！」

惠用力拍著茶几並且吐嘈我。

「嗚～～沒想到不只是不來學校上課，就連房間也不肯出來……家裡蹲竟然可以嚴重到這種地步。」

完全是預料之外！惠抱著腦袋說著，不過她很快地又抬起頭。

「還有哥哥啊，你覺得就這樣下去真的好嗎？」

「我當然覺得不太好。這一年裡，為了讓她能夠走出房間，我也很努力試過各種方法……雖然稱不上有成效就是了。」

「這樣的話，跟我的目標是一樣的呢。」

「嗯……也許是吧。」

正確來說其實有點不同，不過現在就算了。實際上，以「希望紗霧能夠走出房間」這部分而言，目的是一樣的。

「這樣的話，哥哥，跟我組成同盟吧！」

惠用力握緊拳頭，並且說出這些話。

「同盟啊……」

總覺得提不起勁來跟她合作。

……因為我完全想不出這傢伙能夠派上用場的地方。

「來嘛，別站在那邊，請坐到我旁邊來吧。」

啪啪！惠拍了拍自己坐著的兩人座沙發。

原本打算坐到她對面沙發的我，稍微猶豫了一下。

「來、來，不要客氣！請坐過來這邊吧！」

「……講得好像這裡是妳家一樣。」

結果我還是照惠所說的，坐到她身邊去。

「嘿嘿，坐在哥哥身邊了♪」

這傢伙還真煩耶。在玄關前的交談，可是讓我對妳的好感度直線下滑喔。

『……叫什麼哥哥……這傢伙是怎麼回事……真令人火大。』

紗霧似乎也感到很煩躁的樣子。

『哥哥你也一樣。你、你是笨蛋嗎？反正你一定是看人家漂亮就起色心對吧……有夠差勁！』

咕嗚唔唔唔唔唔唔唔唔唔！妹妹的好感度不斷下滑中……！

不是！不是這樣的紗霧……！雖然很想辯解，但情況卻不允許我這麼做……！

「哎呀～哥哥你怎麼了嗎？怎麼滿臉通紅了呢♪啊，一定是害羞了對吧～嘿嘿嘿，真是可愛～」

才不是咧妳這臭婊子！這個是！這是在強忍著我內心的悔恨……！

「夠、夠了吧。回到主題——妳要我跟妳組成同盟……沒錯吧？」

「沒錯。嘿嘿～就取名為，把小和泉從房間裡拖出來同盟吧！」

「這是什麼充滿危險氣息的名字啊。」

「哼嗯，可以徹底傳達我充滿幹勁的熱情吧。」

的確，一股彷彿白費力氣般的熱情源源不絕地傳遞過來……

所以才讓我更加感到不安。

「而且說起來，在組成同盟什麼的之前，我想問清楚。為什麼妳會想要讓紗霧走出房間呢？」

「那當然是為了能讓她來學校！」

「……那為什麼會想要讓紗霧去學校呢？雖然我知道妳是班長，但只是因為這樣就如此熱心服務嗎……我實在不太能理解。」

「我非常喜歡交朋友喔。」

惠她如此回答我。

非常乾脆地。

「在開學典禮結束後，我馬上就跟所有同年齡的人變成朋友，但我跟小和泉還沒有變成朋友。」

……怎、怎麼覺得她好像講了什麼非常不得了的事情？

成為朋友？跟所有同年齡的人？呃，不是跟全班的人？

「明明已經開學了但班上卻有人一次也沒來上學——因此大家也都很擔心，既然我也當上班長了，也想做些像是班長的事情。之前我也有過把拒絕上學的同學帶回學校的經驗，所以應該可以成功吧。」

「之、之前也有過……是嗎……？」

「不過是小學生時的事情了。」

原來已經有實際績效了。

『硬把親切塞給別人的偽善者快滾。』

不要這麼說嘛，紗霧……或許……可以期待她一下嗎？

惠露出了展現雪白牙齒的笑容。

「我也對大家誇下海口說『一切就包在我身上』了，因為如此，我現在對要把小和泉拖出來這件事正燃燒著熊熊的熱情喔♪」

不知不覺間，她對紗霧的稱呼已經變成小和泉了。

『明明從來沒見過面，卻這麼毫不客氣的裝熟……』

她絲毫沒有想過會被拒絕吧，又或者說，她也根本不怕被拒絕。

『這種人是我超討厭的類型。』

我一邊用單耳聽著妹妹冷若冰霜的聲音。

「原來如此……我完全明白了。然後，具體上妳有什麼方案？」

同時變得稍微積極的詢問她。如果跟這傢伙合作的話，也許真的能讓妹妹走出房間，我開始懷抱著這種小小的期待。

「哥哥，我問你一件事，你知道小和泉躲在房間裡時，都在做些什麼嗎？」

「咦……我想想。」

有一瞬間，我還以為紗霧的真實身分跟進行影片實況轉播的事情已經被看穿了，而焦慮了一下。

「很常見的例子就是，躲在房間裡頭然後一——直在玩電腦這種類型。如果小和泉也是這樣的話，藉由家人的協力幫助，我有個可以把她從房間拖出來的妙計。」

我說妳差不多該停用拖出來這種過度激烈的說詞了吧。

「大致上是這樣沒錯……不、不過妳有什麼妙計？」

惠伸起一根手指，笑嘻嘻地說著。

「請去把網路解約吧。」

「…………………」

『……………………………』

這女人是說真的假的啊。

嗚哇……哇啊……這種話，還真敢說出來。

而且這方法也太過露骨了，根本就稱不上妙計啊。

「……奇怪？哥哥，你怎麼突然都不說話了呢？來，馬上就打電話給電信業者，把萬惡的根源徹底切斷吧！」

好恐怖……我現在對這女人感到異常恐懼……

很正確！雖然她說的話真的非常正確！

「妳、妳不是人類！難道妳想要成為神嗎！」

「怎麼突然變成這麼壯闊的劇情？」

「把網、網路解約這種事，再怎麼樣也太過火了！如果我是家裡蹲的當事人，可是會絕望到不知道幹出什麼蠢事喔！」

也許她的確會因此走出房間，但家族的羈絆也會因此留下無法彌補的傷痕。

「咦～～？這會不會太誇張了啊？」

惠帶著不太能理解的口吻說著。

「只要能交些朋友，網路或是電腦什麼的，其實根本就不需要吧？」

「什、什麼……？」

看來對方似乎是非常認真的這麼認為，讓我變得不知所措。

「不如說，沒有朋友的話，就算只有網路也沒有意義吧。明明沒有朋友～……那這樣到底要電腦用來幹什麼呢？真的真的好不可思議喔。」

「不、不對……那是……」

面對驚訝得歪著頭的惠，我困擾著不知該怎麼回答她。

「有……很多可以做的事情吧？」

「很多？」

沒錯。例如說，用來寫小說、畫畫、瀏覽網站、聽音樂、玩遊戲，或是用來工作之類。電腦，應該是世界上最強的萬能工具吧。

這已經超越朋友，反而應該說有了電腦就不需要朋友了。

錯了嗎？我的想法錯了嗎？

——但從沒辦法把這些想法大聲說出口這點看來，我應該也是非現充那邊的人吧。

「很、很多就是很多喔……有電腦在手是很快樂的事喔。就算沒有朋友也是。」

面對我這強詞奪理的回答，惠嘟起嘴巴。

「咦～～？在學校跟朋友們聊天不是更加有趣好幾倍嗎？」

『一點都不有趣啦啊啊啊啊啊啊啊啊啊啊啊啊！』

紗霧她發出來自靈魂深處的吼叫。

嘰～～～～～～～～～～～～～～咿，我的耳邊響起強烈的耳鳴。

這是當然的，因為是用麥克風傳出的怒吼嘛。只要運氣差一點，我的耳膜就會被震破了。

「…………唔……啊。」

我感到視線暈眩搖晃——接著整個人往前方倒下。

「哇啊！哥、哥哥？你沒事吧？」

「沒、沒事……不要緊……沒問題。」

我拚死忍住耳鳴所造成的暈眩，好不容易才站起身來。

「還有，剛剛的聲音是？啊……」

「嗯？聲、聲音？妳在說什麼？」

我慌張的想裝傻混過去……但看起來是沒辦法。

畢竟剛才聲音已經徹底洩露出來了。

「……我盯。」

看吧，惠這傢伙已經瞇起眼睛盯著我的耳朵看啦。

「原來如此呀～……小和泉……妳在偷聽對吧？」

『……哥哥，快掩飾一下！』

別強人所難好嗎！

「啊，被發現啦……真拿妳沒辦法。」

我指了指塞在自己耳朵裡的無線耳機。

『哥哥！』

紗霧發出怒吼。這下子，她大概馬上就會掛斷電話了吧，我這麼想著。

「給～我等一下！小和泉，ＳＴ～ＯＰ掛斷電話！」

惠伸出單手，並且高聲喊著。

「要是妳現在掛斷電話～……可能會因此後悔不已喔？」

『……這女人在講些什麼啊。』

誰知道呢，問我也沒用啊。

「哼哼～」

惠露出了惡作劇般的笑容。

一股詭異的感覺，突然從我背上竄起。

「什、什麼啦……」

『…………』

紗霧可能也感受到這詭譎的氣氛，她暫時停下掛斷電話的動作。

我和惠雖然坐在兩人座的沙發上。

但相對於縮著身子坐在沙發邊緣的我，惠則是保持坐著的姿勢，以很快的速度靠過來。接近到幾乎和我是緊貼身體的位置……無法脫逃。跟妹妹不同，她身上帶著柑橘類香水的氣味，刺激著我的鼻腔。

「嘿嘿嘿～……哥哥，你終～於對我感到臉紅心跳了吧～」

「唔唔……！」

惠對著不禁產生動搖的我，投以妖豔的微笑，並且用身體開始磨蹭起我的胸膛。就像是一隻在撒嬌的貓咪一樣。

「嗚、喂……！住手……！妳、妳想幹什麼！」

「磨蹭磨蹭♪磨蹭磨蹭♪嘿嘻嘻～哥哥，你的味道好好聞～♡」

「…………！」

這、這到底是什麼情況……！為、為為、為什麼這個女孩，突然黏到我身上來？而且這真不太妙……！

雖然我對她沒有半點戀愛感情，但這種情況實在是……！

惠用她纖細的手環抱著我的頭，並朝我的耳朵呼地吐出溫熱的氣息。

「哥哥……」

接下來，她把嘴唇靠到我的胸前口袋附近，以嬌豔的聲音小聲說著：

「哥哥……你有跟人親親過嗎？」

咚！咚咚咚咚咚！

瞬間，轟隆地響起彷彿要貫穿天花板般的踩踏地板聲。

「…………」

「…………」

我和惠兩人，無言的抬頭看往天花板。

「——噗噗！」

惠她終於忍不住噗哧地笑了出來。

咚隆！咚隆咚隆咚隆！哐鏘！

紗霧小姐正在大暴走。喂，剛剛好像冒出很可怕的聲音……！

不管是惠也好，紗霧也好——到底都在搞什麼鬼啊？

我完全跟不上事態的急速發展，只能呆呆的僵硬在原地時。

「嘿咻！」

惠從我胸前的口袋中，把還在跟紗霧通話中的智慧手機搶走了。

「啊，妳這……」

「我收下囉♪」

她有如兔子般躍起，輕快地拉開跟我之間的距離。

接著把耳朵靠上智慧手機。

「小和泉，初次見面妳好！我是惠惠～喔！」

「喂，快還來！」

我慌忙地把手伸向惠——但被她輕鬆閃開。

「哎呀，好危險好危險。」

惠慌忙的小跑步，再次拉開跟我的距離。接著在牆邊背對著我，似乎在做些很可疑的舉動。

「喂！妳要幹什麼！」

當我起身追向惠時，她從容不迫的轉過身來。

「沒有啊，沒什麼～」

惠把智慧手機朝我丟了過來。

「好啦，我還給你囉。不過已經掛掉了就是了。」

我啪地一聲接住。

「……這到底在搞什麼鬼啊。」

「就是啊，到底會是搞什麼鬼呢～呼嘻嘻嘻嘻。」

真是令人不愉快的笑聲。

惠擺出把雙手隱藏在背後的姿勢，笑嘻嘻的看著我。

這傢伙……絕對在策劃什麼不好的陰謀。

不過，現在不是擔心這個的時候。

「我很擔心，我稍微上去看一下。」

「啊，小和泉的話沒有問題喔，她似乎完全沒有受傷。比起這個——」

這時候，惠的語氣一下子變得非常認真。

「哥哥，可以讓我問些問題嗎？是關於小和泉的事情。」

誰理妳！我很擔心妹妹所以要去看看啦——我原本是打算這麼講的。

但我的口中，卻冒出別的台詞。

「…………什麼啦。」

「小和泉是一個怎麼樣的女孩子呢？我連照片都沒見過呢。」

「抱歉，我也沒有紗霧的照片。」

我想，媽媽的遺物裡也許會有吧……

不過那不是我可以去隨便觸碰的東西。

「紗霧是怎麼樣一個女孩子嗎……？說得也是——」

我直接老實的這麼回答。

「首先，從外表上來說，她漂亮到不行又很可愛。」

喀噠！

「…………………」

我跟惠抬頭往天花板看。紗霧這傢伙……又在樓上弄出碰撞聲來。跟平常「催促食物」的時候不同，這是我第一次聽見的聲音類型。

「喔喔，漂亮到不行又很可愛……是吧。」

「是啊，乍看之下她沒什麼表情又好像很文靜，纖細到讓人害怕去碰觸她，感覺就是那種所謂楚楚的可憐少女——不過當我試著跟她交談以後，發現其實她的表情豐富多變又充滿魅力。說不定，我就是為了看到她的笑容才出生的呢。」

喀噠！喀噠噠！

樓上不停傳來碰撞聲。惠則是一臉目瞪口呆的表情彷彿嚇呆了一樣。

不好，一不小心就展露了令人感到噁心的新詩……我會被當成是個妹控嗎？哎，算了，反正也不是被紗霧聽到。

「原來如此喵～呵呵呵呵……」

「妳在笑什麼啊？」

「不！什麼也沒有！噗噗……那、那個——還有呢還有呢？」

「我想想……還有就是，她超會畫圖的。」

畢竟她是職業畫家嘛。不過我不會對惠說就是了。

「嘿～原來小和泉很會畫圖啊。順便問一下，是什麼樣的圖？」

「她很會畫色色的圖。」

喀咚！

「……………………」

我跟惠抬頭往天花板看。又來了……她到底在搞什麼鬼。

「色、色色的圖是嗎？」

「沒錯，她能畫出非常高水準又色色的圖。」

咚咚咚咚！

「難道說，小和泉她……其實是個色色的女孩子？」

我重重的點頭。

「很色。」

咚！……從剛剛開始就很吵耶。是有蟑螂跑出來了嗎？

「而且說起來，那傢伙明明才國一，卻可以把超猛的內褲——」

「拿來穿嗎？」

「畫出來啦！」

為什麼我得把妹妹穿什麼種類的內褲，告訴她的同班同學啊。

惠用手壓住心跳不已的胸口。

「什、什麼啊。真是的～嚇我一大跳……我、我還真的以為小和泉跟哥哥你有什麼異常的關係了。」

「不要產生不可能發生的誤解好嗎？雖然住在一起，但是兄妹怎麼可能會發展成戀愛關係呢？」

「…………………」

「為什麼不說話了？」

「沒、沒事，別在意。只是，稍微覺得有點那個而已。」

這話什麼意思？完全聽不懂。

「那下一個，這是最後的問題……可以嗎？」

惠跟剛才一樣，以認真的口吻說著。我也配合她，認真地回答。

「好的，請問。」

「哥哥你希望妹妹要怎麼做才好呢？」

「這是什麼意思？」

「……你真的有打算讓她去學校嗎？就是這個意思。」

「──」

「因為，哥哥你今天彷彿是要從我手中保護妹妹一樣。」

我真的有打算讓紗霧去學校——嗎？嗯……

「要說沒有的話，還真的是沒有。」

「啊，果然是這樣嗎？」

「是啊。我想要的是讓紗霧走出房間。並不是要讓她去學校。」

這兩者……我和惠的目的，雖然相似但又有所不同。

「你覺得……不去學校也沒有關係嗎？」

「我當然是覺得去學校比較好啦。但是，硬強迫她去也沒有意義——我覺得放慢腳步，讓她一步步慢慢來會比較好。」

「……這可是義務教育喔。而且躲在家裡可是會永遠交不到朋友的喔。」

「也許吧。不過，我是這麼想的。」

這是在我知道情色漫畫老師的真實身分後，才能夠說出口的台詞。

如果是前一陣子的我，肯定沒辦法如此斷言吧。

雖然是理所當然的事，但基本上，還是要去上學會比較好。的確是應該要去。

「該怎麼說呢，我其實沒辦法好好形容。會去學校上學，就是為了將來作打算，或是因為覺得上學很有趣才去的對吧？還有就是因為大家都去的關係。而且妳也說得沒錯，因為這是義務教育。」

像我啊，都已經在寫小說了，可是有一部分是因為上學對寫作很有幫助的關係，所以我還是會去。而且不去上學的話，感覺對幫我繳學費的人很失禮。所以我覺得自己是因此才會去上學。

「『必須要去學校的理由』這種事，因為太過理所當然了，所以幾乎沒有機會去思考這問題。所以我也沒辦法好好說明。」

只不過，我是這麼想的。

「去了學校也不會開心，對將來也沒有什麼幫助……也是會有不覺得做這些事是幸福的人吧。」

因為世界上，有著各式各樣的人，以及各式各樣的價值觀存在。

就像讀過我寫的書以後，如果有人覺得很有趣好看，就也一定會有人覺得無聊甚至生氣吧。

「…………」

「就算不去學校，但還是為了將來而努力，不停學習各種事情，每天都很愉快、很幸福地生活的人，一定也是存在的吧。」

「和泉同學，就是這樣的人嗎？」

「是啊。」

我點點頭……這傢伙的話，稍微透露一點也沒關係吧。

「那傢伙，紗霧她……躲在房間裡時我一直在想她到底都在做些什麼……結果她瞞著我，完成很不得了的事情喔。」

「不得了的事情？」

「對啊，說不定比去學校念書都還要不得了。」

「詳細的內容是……」

「抱歉，這不能告訴妳……不過。」

「不過？」

「……接下來我所說的話，因為是不想讓紗霧知道的事情……可以麻煩妳幫我保密嗎？」

「知道了。在此發誓，我絕對不會對任何人說。」

惠以非常認真的表情說著。看起來不像是說謊的表情。

我點點頭，開始說出真心話。

「我啊，到前一陣子為止，都只想要早點開始賺錢以求能自力更生……為了能夠『扶養這個家裡蹲的妹妹』，我曾經是這麼想的。」

「這想法很了不起。」

我搖搖頭。

「結果是我太狂妄自大了，因為她是個遠比我要來得優秀的傢伙呢。」

搞不好，說不定我的年收入還輸給妹妹。

「……剛才，妳是不是說過『躲在家裡會永遠交不到朋友』跟『如果沒有朋友的話，就算有網路跟電腦也沒有意義』這兩句話？」

「是的，我說過。所以呢？」

「接下來我說的當然只是打個比方……如果妳死掉的話……會有多少人為妳哭泣呢？」

「嗯嗯～～我想想看。」

惠把下巴頂在手指上，稍微思考一下後。

「五百人左右？差不多這樣吧？」

好帥，惠姊真不是蓋的。這就是現充嗎……真是可怕……

「是、是這樣啊。五、五百人……咳哼。」

我稍微咳了一下後這麼說：

「看來是紗霧贏了。」

「…………」

惠瞪大了眼睛。

「咦？意思是說？」

「就是我說的意思喔。那傢伙就是有這麼多的朋友——雖然到底能不能稱為朋友我也不清楚，但就是有這些很重視她的人們存在。當然也還有我。」

「我也是喔。」

「那麼妳也是其中一員。怎麼樣，我的妹妹很了不起吧？」

我挺起胸膛，很自豪的說著：

「就算不去學校，就算不離開房間，她還是我最自豪的妹妹。她真的很厲害，身為一個哥哥，我感到很驕傲。我覺得自己絕對不能輸給她。也覺得下次一定要讓她認同我這個哥哥……所以，雖然我希望總有一天她能夠去上學——但我不希望用強迫的方式來逼她去。」

我想說的話就是這些。

惠緩緩的點頭。

「這樣啊。原來哥哥對小和泉，是這～樣～子的想法啊。」

也許是我多心了，但總覺得她的語氣，好像是在講給誰聽一樣。

「沒錯，按照約定，妳要幫我保密喔。」

「我知道啦，我當然不會跟任何人說。如果我違反約定的話，哥哥可以對我做些色色的懲罰也沒關係喔。」

「妳還真敢講。」

面對笑得賊兮兮的惠，我只能以苦笑回答她。

我跟這傢伙，感覺也稍微能夠互相理解了。

「那我該回家了。」

「嗯，今天謝謝妳為了紗霧來。」

「不用客氣——我還會再來喔。人家可是還沒有放棄。得想個能讓小和泉肯自己想來學校上學……類似這種感覺的計畫才行。」

「……我會不抱持任何期待等妳來的。」

我有氣無力地回答，惠則是「啊哈哈」的開朗笑著。

這時，她從背後把手機拿出來。

「我們來交換信箱位址吧。這是同盟的證明♪」

一起把小和泉拖出來吧——

惠把手指插進吊飾裡頭，不停地甩圈。

「好啦。請多指教喔，惠。」

「嘿嘿～我也要請多多指教囉，哥哥。」

咚！總覺得天花板好像搖晃了一下。

等惠回去以後，我去妹妹的房間想查看一下狀況，但完全沒有任何回應。就算試著撥打剛知道的妹妹的電話號碼，也打不通。

「……可惡……」

……那時候，惠對她說了什麼嗎？還有為什麼她要咚咚咚地踏地板。

剛才發出那麼大的碰撞聲，她有沒有受傷呢？像是這些事……我有好多話想跟她說，當然主要也是因為很擔心她。

「……還是不肯回應我嗎？」

雖然早已經習慣了，但果然還是很難過。

「沒辦法。」

我決定照當初的預定，先去洗個澡以後再準備出門。

雖然每個作家都會有各種不同的方法來構思小說的情節，對我來說，洗澡是最棒的方法。在溫熱的浴缸裡把肩膀以下全泡進熱水裡，然後不斷地構思。

這麼一來，很不可思議的就會變得文思泉湧。

如果預算允許的話，我還真想要在一天之內像這樣泡在浴缸裡好幾次。

不過這真的太浪費水了，所以一天也只能泡一次。

等我出門以後紗霧應該也會進來洗吧，所以今天我從中午開始，就很奢侈地把浴缸放滿水。

除了工作以外，還有個必須好好思考的重要事情。

「我的妹妹，是負責我作品的插畫家啊。」

我將肩膀以下泡進熱水裡，並且自言自語著。

「這個躲在房間家裡蹲的妹妹，一直以來都跟我沒有任何能接軌的共通點。就算希望她能夠走出房間，就算焦急地希望跟她的關係能更加良好，但總是連個契機都沒辦法掌握住……但是——」

對，但是。

「現在……已經不同了。」

為了能讓妹妹能克服家裡蹲症狀，也為了能跟紗霧相處得更好，我已經找到最好的良機了。

因為我的妹妹，是跟我一起創作書籍的工作夥伴。

「……該做的事情，已經決定了。」

因為實在太簡單了，根本沒必要說出口。

——寫出有趣的小說。

實際上，作家的煩惱大概有九成都能靠這來解決。

Q：我還是個學生但想要能獨立生活，該怎麼辦才好？

A：去寫小說。

Q：我至今還走不出過去的心理創傷，該怎麼辦才好？

A：去寫小說。

Q：我的工作不順遂，該怎麼辦才好？

A：去寫小說。

Q：我沒有存款，對將來感到不安。該怎麼辦才好？

A：去寫小說。

Q：我想要跟妹妹變得更加親密。該怎麼辦才好？

A：去寫小說！

「好！」

本來我就為了能獨立生活，為了賺錢，所以無論如何都要寫出能夠暢銷熱賣的小說才行。依照這個走向，還能達到一箭雙鵰的功效。

很自然地，我的思考就轉為具體性的工作內容上。

「好啦……神樂坂小姐會選那一篇作品呢？」

啪唰。我浸泡在浴缸裡，用熱水潑臉後，自言自語說著。

上次的討論會議之後，因為企畫書（以此為名的完成原稿）還沒有給編輯看過，所以我也只能進行一些簡單的基礎構思。

前次提出的作品如果已經看完，神樂坂小姐應該會跟我聯絡才是。

要採用哪個作品成為次回作呢？還是說提出的作品通通被退稿呢？

當了三年的作家，但這個「等待回應」的時間，到現在還是讓我膽顫心驚。

和新人獎時把小說送去，然後等待回應的時候完全沒變。

不過我的責任編輯，對於提出作品的回應算是相當快，這點我想自己應該算是很幸運。聽說有的編輯收下原稿後，過了三四個月也不會有所回應，不知道是真是假。但光是想像就令人毛骨悚然，希望這只是個被誇大的謠言而已。

然後。

說到等待回應時的作家都在幹什麼，這倒是因人而異，例如研究構思別部作品的劇情，也許參加業務性質的活動，也可能接一些其他的寫作工作，或是進行別部系列作品的執筆。

雖然我有獲得新人獎，並且完結一部系列作品的實際成績，但除了目前的客戶以外沒有其他人脈，也不認識能夠拓展人脈的朋友，更沒有能夠上門（走訪出版社）自我推銷的社交性，可說是個「被放置不管就會馬上死掉」的作家，在這種時候，我也只能不停的提出構想。

當全部都被退稿時，要能夠馬上就提出「下一個」構想。

當提出的作品被說「ＧＯ」的時候，就要馬上進入能出「下一集」的狀態。

總之就是要讓腦中有堆積如山的點子。

上次的討論會議中，神樂坂小姐雖然對我「打算每週都拿新作給她」這點發脾氣，但我不是開玩笑的，而是很認真地打算這麼做。

可是——

「……唔嗯，總覺得今天狀況不太好。」

就算絞盡腦汁地想到要泡昏頭了，也沒有冒出任何點子來。

無論如何都會想到「別的事情」上頭，令自己分心。

——哥哥的新作品，好～有趣喔！我看到感動落淚呢！

——是破紀錄的再刷耶！這樣子就能讓更多更多人看到我的插畫了。

——呀啊！哥哥，動畫化了耶！

——好棒喔！我畫的角色們，竟然能在電視螢幕上動起來……！

——喵～喵！葛～格，好喜歡好喜歡最喜歡你了♡啾啾♡

「呼哈哈哈哈哈哈！」

我啪唰一聲地從浴缸裡躍起。

「好耶耶耶耶耶耶！來個好點子吧啊啊啊啊啊！」

啪吵啪吵啪吵！噗嚕噗嚕噗嚕！

鬥志開始高漲啦——！但是什麼也想不出來啊啊啊啊！

當工作停滯不前時，全力好好睡一覺是個固定套路，但我現在腦袋太清醒，實在是睡不著。

所以就依照預定，來去書店吧！

構思點子的必勝法其之一，去洗澡。

然後構思點子的必勝法其之二……

就是閱讀有趣的書！

我走出浴室後，馬上就換好衣服往車站前出發。

目的地是「高砂書店」。

「抵達。」

因為最近才剛買了新書而已，所以其實也沒有什麼特別想要的書，但我還是幾乎每天都會來書店逛一下。

總之我不自覺的就會往書店走去。這種心情，我想有些人應該也能了解吧？

「有沒有什麼看起來很有趣的書呢？」

雖然沒打算買書但總之就先在店裡閒晃。高砂書店在漫畫以及小說這方面的商品種類可是完全不輸給動漫相關專門店，而且連店員的推薦專區都有。被手工製作的ＰＯＰ廣告裝飾的書架上，智惠推薦的作品今天也和介紹文一起被封面陳列在上頭。

另外所謂的「封面陳列」就是指在書架上，把書本以看得到封面的形式直放陳列的意思，雖然比較占空間但相對的也很搶眼，因此會比其他作品要容易吸引人拿起來。

這就是書店的基本必殺技之一，應該是吧。

「哦～～這些書很有趣嗎？」

我把臉靠到智惠推薦的書旁邊觀望。智惠所選擇的不只是「現在當紅的人氣作品」而已，她自己發掘出來的「不太為人所知但很有趣的書」也一定會混在裡頭，這對想要找書來看的人來說非常有幫助。

說到「現在當紅的人氣書籍」，如果這時候才被人推薦，大概也是「早就知道了」、「已經讀過了」這種反應吧。動畫化後讓人氣呈現爆炸性成長的作品在這方面更為顯著，之前喜歡的作品突然成為街頭巷尾熱烈討論的話題，或多或少都會產生不痛快的心情吧。

哼、哼嗯……我早在之前就知道這部作品了喔，你們這些人少得意忘形了！大概就是像這種感覺的心情吧。

「不愧是智惠……這些都是我還沒看過的作品。」

我用看著寶物的眼神，眺望這座我都沒閱讀過但絕對很有趣的書山。

這就是直接來到實體商店最大的好處之一。

有性相很好（興趣相投）的店員在的書店，對我來說真的非常有價值。

在喜歡看書的人之中，應該不少人都有「常去的書店」才對吧？

另外還有一點。這是身為作家才會有的行為——

「……我的書，有賣出去嗎？」

那就是會情不自禁地跑去書店，確認自己著作的銷售以及店家的擺放狀況。

從依照各個出版社名字順序擺放的書架上，找尋和泉征宗的作品後，發現就只有《轉生銀狼》這系列整套書都有。其他系列作品畢竟也是很久以前出版的，所以一本也沒有。

「居然整套都……還在……」

我臉色發青。上次來的時候也是整套都在。也就是說……

……這是賣出去以後又再補到架上而已對吧？應該不是連一本也沒賣出去對吧？

這根本無法判斷。想再多也沒用。

順道一提……「自己的書在書店的架上只剩下幾集，但整體來說一次少了很多」的這種情況，是最簡單易懂又令人高興的了。

因為整套書直接從架子上消失的話，會讓人以為是被下架而嚇得心驚膽跳。

「……嗯嗯。」

我一臉認真地，把自己的著作從書架中取出，開始把它們擺在平放陳列的動畫化作品上頭。

「你們已經賣得夠好啦，不用再繼續這樣搶鏡頭了。這個位置就讓給我的書吧。」

「平放陳列」就是把封面朝上並列擺放在平台上，是最能夠吸引客人注意的方法。

可以說是只有人氣作品跟新作才允許進駐的特等席次。

「……呵呵，這下子我的書就能更加搶眼了。」

當我在自言自語的同時。

啪叩一聲，我的後腦杓遭受到輕微的衝擊。

「好痛。」

「你這傢伙！在給我搞什麼鬼！」

轉頭一看，穿著圍裙的智惠正拿著撢子站在後面。她嘟著下嘴唇，並且把撢子架在肩膀上不停敲著。

面對充滿怒意的書店店員，我這麼說著：

「不是啦……這是作者親自來進行促銷活動。」

「好了好了，你這是妨礙營業妨礙營業。給我自己放回原本的地方喔。」

啪叩、啪叩、啪叩、啪叩。

智惠用撢子不停地敲我的腦袋。

「知道了，我會放回去啦，快住手……不過啊～至少看在我們朋友一場，把我的書擺到推薦作品的書架上嘛。」

我的書在平放陳列期間（不到一個月）結束轉而擺到書架上以後，就完全賣不出去了。對於這個現象，難道不想想辦法解決嗎？

「不行不行。那邊現在是用來封面陳列山田妖精老師的簽名書用的位置。沒有多餘空間可以拿來擺你的書啦。」

「不、不過是簽名而已，我也可以簽啊！」

雖然簽得非常醜。

對於我的提案，書店店員瞇起眼睛。

「給我住手，你簽下去我們就不能退書了。」

並以令人恐懼的冷淡聲音回答我。

「…………………………」

……這真是太嚴苛了。

智惠用撣子戳著我。

「好好——想要被擺上我的推薦專櫃的話，就快去寫出讓讀者感到扣人心弦的超有趣小說出來吧！」

「可惡！妳給我記住！總有一天，我會讓妳喊出請給我和泉老師的簽名這句話來！」

我氣焰十足的回嗆之後。

「不過先不說這個，店員小姐！請給我山田妖精老師的簽名書！」

「謝謝惠顧～」

回家後馬上來閱讀……

暢銷作家——山田妖精老師所寫的異世界戀愛喜劇小說，實在是有趣到爆。

身為網路最強玩家的主角，被召喚到跟網路遊戲幾乎一模一樣的異世界，在展現「我會打電動我超強啊啊啊！」的同時，也跟眾多的女主角們變得無比親密就是本作的主要劇情，說它是現在聲勢最浩大的輕小說也不為過。

雖然很不甘心，但我跟這個人的等級實在相差太多，就算想稱呼他為勁敵也只會讓人笑掉大牙。我還是把這本小說當成傳家之寶，永久保存在書架上吧。

我還是想不出任何點子，可惡！

同一天，當我從高砂書店回來時，等待著我的是——

『全部退稿。』

像這樣，由責任編輯打來的無情電話。

「等等，全部？妳說全部？」

『對，全部。』

「……唔……咕……」

雖然也有預想到這種情況，但受到的打擊還是很大。

想簡單了解被退稿的衝擊性，用公司上班族來形容的話——

最接近的就是「你這個月沒薪水拿」吧。如果是寫作速度再慢一點的人，當編輯說出「退稿」這個台詞時，就代表著「你接下來三個月沒薪水拿」或是「你接下來半年沒薪水拿」的意思，有時甚至就是「拜拜，你可以不用來了」的意思。

大人的世界真可怕。

作家這種職業，簡單說就是個人業者，如果被退稿太多次或是被放置不理而導致無法出書的時間持續太久的話，就非常容易陷入週休〇天、加班時間∞、月收入〇圓這種狀況。

我說真的，真的超容易陷入。

資料來源就是前年的我。

不過是個就算沒有收入也死不了，而且又住在老家的學生，也許會被認為是太過逞強也說不定。但是，對於無論如何都想要從監護人身邊獨立自主的我來說，這個名為「金錢」的要素絕對不是我能夠無視的東西。

『不管哪一篇都跟狗屎沒兩樣。今天是禮拜六，在週末結束前把新的稿子送過來吧～』

喀嚓。

「…………」

「……嗚唔……嗚嗚咕……」

從責任編輯口中說出的嚴苛詞句，這三年來我雖然也差不多聽習慣了，但還真讓人痛心。

就算不開玩笑，不談金錢什麼的，還是刺耳到令人想哭。

就像拿削白蘿蔔用的刨絲器在心臟上頭來回刮刨一樣。

在我耳中聽起來，退稿這個台詞就跟「你家的小孩因為太不長進所以我把他殺了」一樣。

也許各位沒辦法感同身受。

……好，如果我再被退稿六次，我就要宰了這傢伙。絕對要宰了她。

我就曾經有過思考鑽牛角尖到陷入這種暗黑面的時候。

聽到了嗎？蒙昧無知的編輯們啊。退稿這個詞可不能隨便說出口啊。

「啊啊，可惡！真該死！能不能飛來一顆巨大隕石掉在飯田橋，把整棟出版社人樓砸個粉碎啊！如此一來就不用再去拜謁那個令人火冒三丈的笑臉，想必這樣一定讓人感到非常爽快才對吧！」

隕石術！巴魯斯！我一邊喊著詛咒的話語，同時把智慧手機丟到床上。

「我就寫給妳看！下次絕對要讓妳說我的稿子很有趣！」

我含淚衝向書桌。打開A4大小的筆記本，拿起HB的鉛筆，在上頭開始隨性揮筆寫下全新故事的構想。剛才的電話，是要我在週末結束前把企畫書或是劇情大綱拿過去給她的意思吧，但我還是打算再次把完成原稿帶過去。

於是兩天後。

「完、成、啦啊啊～～～～～～～～～～～～～～」

在筆電前，我大大地伸了個懶腰。

從那之後我就幾乎毫不中斷的持續寫作，好不容易才把新作品的初稿完成。

不過實際上卻沒有什麼成就感。因為我的週末一向都是這種感覺，再加上拚死拚活後才剛完成的「這個孩子」，能不能存活下來還是個未知數。而且，現在我只覺得頭很痛，完全沒辦法談什麼成就感。我用手指揉揉太陽穴，並看向窗戶。

「……已經是星期一……早上啦。」

朝陽的陽光，從窗簾的隙縫中照射進來，眼睛好痛。早晨清脆的啾啾鳥叫聲，現在聽起來也只會讓我感到厭煩。

我把原稿檔案附在郵件裡，一起寄給了責任編輯。

接著馬上就有回信了——『辛苦您了。下午六點，就在編輯部開會討論吧。』

「……這真的不是自動回信郵件嗎？」

只有回應作者這點真的很快，我把郵件寄出去都還不到一分鐘呢。

「我看看，所以今天就是……準備早餐……去學校……然後，去編輯部開會……這樣嗎？」

我啟動智慧手機裡的ToDo行事曆軟體，輸入今天的預定行程。

「好！」

我打起精神從椅子上站起。

今天又是全新一天的開始。

我跟往常一樣製作早餐，

咚咚！

「來啦來啦。」

跟往常一樣把早餐送到妹妹房間去。

跟以往不同的，就是我已經知道「妹妹的真實身分」這點。也許紗霧她正在「不敞開的房間」那緊閉的房門另一頭，拚命努力的繪製插畫呢。

搞不好，還是張可愛女孩子的插畫，也很可能是張色色的圖。

要形容的話，這就像是跟いとうのいぢ老師（註：日本著名插畫家）同居一樣啊。

怎麼樣？超令人興奮的對吧？很讓人心跳不已對吧？

如果是阿宅的話，就一定能夠理解我的心情才對。

這時——

「喔，這個是……」

在妹妹的房間前，擺放著一張便條紙。

是紗霧給我的留言。

這個家裡蹲的妹妹，當她想要傳達某些訊息給我時，除了踩地板以外，大多時候都是以擺放便條紙的方式。大部分的情況都是寫著「希望我幫她買的東西」在上頭。

今天的便條也是一樣，她用很漂亮的字寫著「點心，差不多該補充了。」在上頭。

「沒問題，了解。」

我把便條紙撿起，放進口袋中。

剛才還在侵襲我的睡意跟頭痛，不知不覺間已經完全消失了。

放學後，我按照預定前往編輯部。在櫃台進行會面手續後，我搭上電梯直接前往編輯部。當電梯到達九樓，電梯門一打開的同時。

「為什麼不行啦！」

就聽到了有人在爭執的聲音。

哇啊！怎麼啦怎麼啦？我從電梯廳往走廊偷看一眼，就看到神樂坂小姐在跟一個金髮的女孩子面對面交談，或者該說是爭吵。

「因為這不是我能夠決定的事情啊。」

「等等！這可是本小姐！是ORICON排行榜第一名的本小姐所說出口的喔！」

是個吵死人的女孩子。

因為有惠這個例子，我覺得女孩子的年齡真的很難判斷……不過這女孩看起來應該比紗霧要大上一兩歲吧？

我啊，其實對年紀比自己小的女孩子沒有興趣，所以希望大家在這方面不要誤會我……不過她看起來真是個美麗動人的女孩子。她身穿大量使用紅白兩色並且充滿荷葉邊的蘿莉塔系服裝。純白的肌膚和金色的長髮，不知為何耳朵又尖又長。

肢體動作也都給人誇大、頤指氣使的感覺。

而跟她交鋒的神樂坂小姐也不落人後。她擺出完全代表骯髒成年人的雙手交叉胸前姿勢，並以藐視的眼神看著這個囂張的小鬼。

「所以呢？我都說過妳那邊要怎麼去交涉都是妳的自由了吧。為什麼我得要幫妳去做這種有利於其他公司的事情？」

「…………哼哼，真是有夠任性！真拿妳沒辦法……那本小姐就特地把下一個系列作品，改在妳們這邊寫，這樣子就可以了吧！」

「嗯？當然是不行啊。」

「咦？什麼？好像聽得不是很清楚。本小姐這個ORICON排行榜第一名，身為史上最強美少女輕小說作家的本小姐，不惜背上背叛者的污名！說可以在這個出版社幫妳們寫書喔。如此優渥的條件，現在如果不把握，那麼未來永遠都不會再出現喔。」

這傢伙對自己的評價到底有多高啊？

「唉～～……請妳差不多可以回去了吧——啊！」

神樂坂小姐的眼睛，鎖定到正躲起來偷看著的我。

慘了。

「和泉老師！我等你好久了！」

她超開心的向我打招呼。

「來！快過來快過來！不要躲在那種地方，請快過來這邊！」

……這很明顯是想利用我的存在，來把這個小鬼趕走吧。

雖然很清楚，但還是不得不出去這點讓我很不甘心。

「現在是本小姐正在談事情。請你不要插隊好嗎！」

金髮超級美少女，無比高傲的瞪著我。

「就算妳說我是插隊也……」

被那樣大聲呼喚，我也不可能無視她吧。

我瞪著造成這種狀況的元凶，也就是神樂坂小姐。

「……請問，這是什麼狀況？」

「話說回來，這傢伙是誰啊？」

我跟金髮少女同時對神樂坂小姐發問。結果神樂坂小姐沒有回答我的問題，而是用手依序介紹我跟金髮少女。

「這位是和泉征宗老師。然後，這邊這位是山田妖精老師。」

「咦？」

驚訝的聲音重疊。我跟金髮少女互相指著對方的臉。

「這傢伙就是和泉征宗？」

「這個人是山田妖精老師？那位暢銷作家？」

說到山田妖精老師，她是所屬於跟我不同文庫系列「FULLDRIVE文庫」的暢銷作家。說起來我也是她的死忠書迷，前幾天才剛買了她的簽名書。

最近她的作品在書店裡，因為都跟「決定動畫化」的文宣一起平放陳列，所以看到這個名字的機會也就相當地多……

「不過沒想到會是這麼年輕的女孩子……」

我以為絕對是個噁心肥宅的說。從那後宮向&略為賣肉的風格來推理。

「你也沒資格說別人吧。嘿，原來除了我以外，還有這麼年輕的輕小說作家啊。」

「我們出版社的王牌作家聽說比我更年輕——……比起這些。」

「怎樣啦？」

我環視她的全身，接著看著那尖尖的耳朵說著。

「妳真的是……妖精？」

「怎麼可能是真的嘛！」

這我當然也很清楚，可是她這纖細又純白的外貌，跟奇幻故事裡登場的妖精可說是完全一模一樣。

「不過，會把美麗的本小姐誤認為妖精也是沒辦法的事情。你一定覺得，我就像是從『魔戒』的世界裡走出來的對不對？」

「就、就是說啊。」

「沒錯吧，本小姐說得沒錯吧。哼哼，經常有人這麼說呢。」

雖然無法對本人啟齒，但我覺得她就像是從凌辱系的十八禁遊戲裡走出來的一樣。

「所以……這位……山田妖精老師為什麼會出現在我們編輯部呢？」

在某種意義上，這裡就跟敵陣沒兩樣吧？

「哼呵呵，你這問題問得很好！」

聽到我的問題後，妖精她擺出一個在漫畫裡會被畫滿集中線的傲視群雄姿勢。

「因為本小姐下個作品的插畫，想要請情色漫畫老師來畫！」

「咦？」

……這傢伙，剛才講什麼？

「呵呵呵，那位插畫家，本小姐從以前就非常欣賞他了！可以把色色的插畫畫得如此出色的人，我還是第一次見到！不愧是自己取了情色漫畫這種猥褻筆名的強者！」

果然被當作是猥褻的筆名了。這似乎是取自埃羅芒阿島的島名喔！她本人是這麼說的，雖然實際真相如何就不得而知了。

「本小姐在稱呼其他作家或是插畫家時，雖然都不會加上『老師』這種客套用的敬稱，但只有情色漫畫老師，本小姐為了對他表達最大的敬意，所以就尊稱他為情色漫畫老師吧！情色之神──本小姐甚至想要尊稱他為情色神大人來祭拜他啊！」

妳這樣稱呼她的話，可是會被遊戲手把毆打的喔。

「至今一起搭檔的天才美少女插畫家愛爾咪妹妹，雖然也能畫出令本小姐超興奮的全裸圖──但很遺憾的她還無法與情色漫畫老師匹敵！本小姐已經完全迷戀上情色漫畫老師的插畫！就直言說深愛著他的圖也無妨！雖然從名字看來他毫無疑問的是個噁心死肥宅──但在這種情況下，不管是哪種醜男也好……就算是半獸人也無所謂了！」

……情色漫畫老師，妳還是老樣子地讓人懷抱無比糟糕的形象啊。

啪刷！妖精帥氣地將右手橫揮出去。

「所以本小姐務必要請那一位來為我的小說繪製插畫！要讓那一位，用他那色色的筆觸，為本小姐畫出世界最強大的全裸圖！然後再加上本小姐的文才，簡直就是如虎添翼！至今沒有任何人看過的究極輕小說就能夠藉此完成啦！」

咚隆！

因為她說得太過充滿自信，讓我不由自主地也興奮了起來。

「呵呵……和泉征宗。看來本小姐的目標實在太過遠大，讓你說不出話來了吧？」

算是……吧。老實說，那個所謂「究極的輕小說」我也想看啊。

但是，仔細想想，這傢伙所說的情況，對我來說實在無比糟糕。

「沒錯──所以呢，本小姐就拜託責任編輯，請他幫忙寄了委託工作的郵件過去！可是卻完全沒有任何回應！這可是本小姐，ORICON排行榜第一名的本小姐所委託的工作喔！這種事怎麼可能會發生！一定是你──和泉征宗！肯定是因為他在幫你的新書繪製插畫，這個推理我絕對不會猜錯！」

紗霧……她沒有回應工作委託啊。

但聽到這點，也只能短暫地鬆一口氣。

「所以呢，為了讓他能夠幫本小姐山田妖精大師畫插畫，你們也快去幫忙說服他吧。」

「等等！」

這個死女人在講什麼鬼話！

我猛烈轉而瞪向神樂坂小姐。

責任編輯像是在說真拿你沒辦法似地聳聳肩。

「山田老師，我現在得要跟和泉老師開會討論，可以請您回去了嗎？」

「開會？那種事根本無所謂吧！」

怎麼可能無所謂，妳這狗屎妖精。快滾回十八禁遊戲的世界去跟半獸人搞在一起啦！

不過，她那令人沒辦法聽過就算了的發言，還是令我超級在意。

「妳說想要請情色漫畫老師，幫妳的書繪製插畫……是嗎？」

「沒錯！與其幫你這種廢物作家的作品畫插畫，和本小姐這個之前才在ORICON排行榜獲得第一名的超級人氣作家一起工作，當然才是最好的選擇！」

咚！

「呀啊啊啊！」

被妖精用手指頭指著我這麼一講，我大大地向後仰倒。

的、的確這樣沒錯！——我心裡有一瞬間真的這麼覺得。

妖精看起來超開心的說：

「看吧看吧！你自己也這麼覺得對吧！ORICON排行榜第一的本小姐，出道作品就決定動畫化的本小姐，跟排行榜外作品又不可能跨媒體製作的你比起來，本小姐與情色漫畫老師才更為相配對吧？」

「竟然講得這麼絕！就算妳的書賣得再好……！」

「銷售量就是正義！廢物不管說再多，終究只是喪家之犬在吠叫而已！」

咚隆！這傢伙的發言，怎麼都充滿決定性名台詞的風格啊。

「唔嗚嗚……妳這傢伙……給我記住！下次讓我在書店看到妳的書……讓我看到的話……」

「哼哼！看到的話，你想怎麼樣？」

「我就再把我的書疊到妳的書上頭去！」

「不准這麼做！那會讓本小姐的書被玷污！不過你說了『再』把書疊上去？你、你真是個人渣！」

啪鏘！

我的後腦杓，遭受到責任編輯的強力吐嘈。

「我是為了要把山田老師趕走才叫你過來的，請你不要跟她聊得這麼開心好嗎！」

可惡……對妳來說剛才這樣看起來像是「聊得很開心」嗎？

「山田老師，雖然我已經說過好幾次了，妳們那邊擅自去交涉也沒有關係。因為能作出決定的人是情色漫畫老師。」

「才不要，所以剛才本小姐也說過了吧。就算拜託責任編輯去委託也毫無進展，明明就是本小姐親自委託，可是那傢伙卻連個郵件都不回！而且也聯絡不上！用常識來想也是跟本小姐搭檔會比較有利吧，所以你們也快去說服他啊！」

「噗，好啦好啦。」

神樂坂小姐很明顯地用看不起她的表情抿嘴笑著。

「妳這是什麼態度！妳以為獲得ORICON排行榜第一名的本小姐是什麼人！」

「只是個運氣好偶然賣得不錯的人啊，怎麼了嗎？」

「妳說什麼！快收回這句話妳這白痴編輯！快跪倒在本小姐的文才之下吧！」

「文才嗎……山田老師寫的小說，文章詞句不是很糟糕嗎？不是還經常被資料整理網站之類的附上圖片後給網友批評得亂七八糟的嗎？」

「才～不～是！那是故意寫得非常容易閱讀而已！妳真是個什麼都不懂的無能編輯！哼，聽好囉，然後好好記住！」

妖精流暢地撥起金色長髮，接著用一副得意無比的表情開始說：

「在本小姐山田妖精有如彗星般出道過後數年……除了本小姐以外的輕小說作家，都已經成為落後於時代的殘渣了！於是！現今本小姐所寫的這種方便閱讀又簡單好懂的文章，將會開拓出全新的輕小說世界出來！」

這傢伙還真了不起。

妖精把手撫貼在胸前，閉上眼睛，繼續充滿熱情地說著：

「……被神所選上的本小姐，身負著將這停滯不前，逐漸陷入飽和的輕小說業界市場擴大，還有救濟瀕臨滅亡危機的出版社、因為這世界的不合理而哭泣的作家們，以及身為我忠僕的讀者們的崇高使命！也就是說，本小姐正是這個輕小說業界的救世主——不！」

妖精全力地睜大雙眼。

「本小姐就是輕小說！」

轟隆！這是彷彿能讓人幻視到巨大狀聲字，充滿魄力的決定性台詞。

因為實在太過有魄力，讓我為之震攝，不禁踏空了幾步。

而從頭到尾聽完的神樂坂小姐，則是淡淡地說著：

「輕小說妹妹，妳再不快點回去，我就要去跟妳那邊的責任編輯申訴囉。」

「什麼！太、太狡猾了吧！竟然用這招！」

……啊，這傢伙也一樣在責任編輯面前就抬不起頭來吧。

「開始倒數計時，10、9、8、7……」

看到妖精開始動搖的神樂坂小姐，也許是判斷效果不錯，於是在倒數計時的同時，也拿出手機來開始嗶嗶嗶地操作起來。

妖精慌慌張張地說著。

「今、今天就先放你們一馬！但是！好好記住！本小姐會在推特上向我可愛的僕人們告狀！」

留下令人不忍心吐嘈的台詞，輕小說業界的救世主，山田妖精老師離去了。真是個有如颱風般的人。不過我還是得補充說明一下，不是所有作家跟編輯都跟這兩個人一樣喔。

用手擺出像是在趕狗動作的神樂坂小姐，接著轉身朝向我。

「好啦，和泉老師。」

她臉上浮現出奸詐的笑容。

「這下子事情不妙了呢！」

「咦……妳、妳是指什麼？」

「你還不明白嗎？那個問題作家所說的話，其實還挺切入重點的喔。」

「唔……嗚……這點我懂。」

比起像我這種賣得不好的作家，負責暢銷作家的作品插畫，對情色漫畫老師——對紗霧來說，一定比較好。

新書接二連三發售，接到新的工作……順利的話還可能會動畫化。

說不定，究極的輕小說真的就會因此誕生。

紗霧現在雖然還沒有給予回應，但只要想想應該就會發現這工作的條件不差吧。

而且，情色漫畫老師的工作速度，並沒有快到可以同時兼顧兩部系列作品。

這麼一來……這麼一來……

「你明白的話就好。所以，你要怎麼辦？」

「啊啊～～～可惡！那還用說嗎！」

我的鬥志，在這個時候——完全燃燒起來了。

「紗霧——！紗霧——！」

咚咚咚咚咚咚！

一回到家，我就衝上樓梯。

接著把額頭貼在「不敞開的房間」上，自己單方面的喊話。

「我會發奮圖強！我絕對會寫出比那傢伙更有趣的小說給妳看！所以……所以……！」

「不要捨棄我啊啊啊啊啊啊啊啊啊啊啊啊！」

我含淚發出這樣的宣言。

在這「不敞開的房間」另一頭，妹妹會用什麼表情聽這些話呢——？

當然，這我必定是無從得知。

即使在房間前面放聲大喊，「不敞開的房間」也不可能就這麼開啟大門。之前會打開，也是因為發生了巨大的問題所以才……

我跟妹妹之間的關係，還真是一點也沒有改變。

「…………唉。」

在自嘲的同時，我從門邊離——

叩！

「～～～～唔！」

我眼冒金星了。快速打開的房門，重重地打在我的額頭上。我用手壓住額頭忍受這苦悶的疼痛。忍受一陣子後，當我終於能抬起頭時——

「…………你在吵什麼。」

妹妹帶著滿臉不可思議的表情出現在我眼前。

「……咦？」

為什麼會開門……我以為她絕對不會因為這樣子就開門，這完全出乎我的意料。這時候我的臉上，想必一定是一臉蠢樣吧。

「為……什麼……？」

「這是我想問的。」

紗霧不帶感情地小聲說著。

「…………」

因為我什麼也沒說，所以紗霧就再問我一次。

「…………突然說不要捨棄我，什麼的……這是什麼意思？你作惡夢了嗎？」

這是我第一次聽到她這麼溫柔的聲音，使我無法馬上發聲回答。

「不、不是！」

我剛才的呼喊，終究只是我單方面進行宣言才說得出口的台詞，對吧……

在本人面前，我怎麼可能說得出口「我不會把妳讓給那傢伙的！」這種台詞啊！

太丟臉了！

「沒、沒事啦！把剛才的事忘掉吧！」

我用袖子擦拭淚痕後說著：

「比、比起這個！妳才是……為什麼呢？」

「咦？……為什麼……是指什麼？」

「為什麼，妳剛剛會把門打開？」

如果是之前的話，不管外頭再怎麼騷動都不會因此開門吧——

「……啊。」

紗霧呆然地張著嘴巴，滿臉「聽你一說我才注意到」的表情。

她的臉頰，看起來也像變紅了。

我再度詢問了一次。

「為什麼呢？」

「…………這、這是。」

紗霧把視線從我身上移開，緊緊抓住睡衣的胸襟部分。看來這似乎是她陷入緊張狀況時的習慣動作。

「這是……因為……那個。」

「…………」

接著陷入一段無言的時間。

「人、人家不知道……」

「喂，這點很重要耶。」

明明之前都不肯開門，但是現在卻肯打開了。

實際上，短短幾天前。在惠來家裡的時候，「不敞開的房間」也沒有開啟。

「之前」與「現在」這段短暫的期間裡，到底有什麼不同呢？

我們之間的關係，應該沒有任何改變才對。

「我說不知道……就是不知道。」

「？能請妳講大聲點嗎？」

「就、就說沒什麼了啊。你、你、你自己不也……」

你自己不也沒有講嗎？彼此彼此吧。

她似乎是想這麼說吧。看來她很著急，因為不習慣像這樣說話，所以也不斷口吃。

「被妳這麼說還真令人難過……那麼，如果我先說的話那妳會說嗎？」

「……才、才不會說。因為，我不知道啊。」

這下無計可施了。這是就算說再多也毫無進展的模式。

「……知道啦。反正我們彼此彼此嘛。」

雖然不清楚理由，但「不敞開的房間」再度開啟了。

光是這個事實，就令我十分滿足了。雖然「開啟的理由」讓我非常在意。

當我一停止詢問，就換紗霧結結巴巴的開口：

「……那、那個……」

「嗯？怎麼啦？」

「…………哥哥……那個……你有從那女人那邊……聽說什麼嗎？」

「那女人……是指惠嗎？」

為什麼會突然提到她呢？

「什麼叫聽說什麼？」

「……沒、沒什麼。」

在這麼說的同時，紗霧很明顯地像是鬆一口氣的樣子。

接著像是要打斷我反問似地，紗霧快速開口說：

「對、對了！比起這件事！拜託你買的點心有買回來嗎？」
「點心……是指妳寫在便條紙上的那件事嗎？」
「……是、是啊……我剛才會開門，就是要跟你拿點心而已……沒有其他，原因了……」
「……是這樣子嗎……？」
紗霧對我所買的點心，熱切期望到不小心打開「不敞開的房間」嗎？總覺得這裡由還挺沒有說服力的。
當然我是絕對不會打破跟妹妹的約定。
「妳看，我買回來囉。」
我把塑膠袋遞給妹妹。
這次我買回來的點心，是肉桂糖與落雁（註：以米磨成的粉加入糖膏塑形壓模乾燥而成的甜點，類似台灣的綠豆糕）。兩者都是充滿日本風情，是我和泉正宗使出渾身解數挑選出來的。兩者都是我非常喜歡，自己想直接吃掉的點心。
紗霧收下了充滿哥哥愛情的點心，往塑膠袋裡一看——……
「…………唉。」
只見她眉頭一皺，表情十分微妙。
「怎麼了嗎，紗霧？」
「……我趁這個機會就直說了……哥哥買的點心每一種都像是拿來祭拜用的，而且又不太好吃。這種令人失望的點心以後別再買了。」

「既然這樣以後妳自己去買嘛！」

我忍不住像個老媽子似地吐嘈了。

在這之後，紗霧變得偶爾會把「不敞開的房間」的房門打開。

雖然這麼說。但真的，就只是，偶爾而已。

「還、還有啊……從今以後，我的內衣我會自己洗。哥哥你絕對不要碰喔。」

怎麼會這樣……到底是發生什麼事呢？

情 ero manga sensei 色漫畫老師
第三章

第三章

從遇到山田妖精，並且揚言「我要寫出比那傢伙還有趣的小說！」的那一天後，已經又過了好幾天。今天是平日，我今天本來也打算跟平常一樣，在家事、學校、工作的三連擊之中結束今天一天，不過……

叮咚。

放學後，當我回到家中正準備開始要工作時，卻有人跑來妨礙。

順便一提，電話來電聲、智慧手機的郵件來信通知、電鈴聲，依照這三個順序，越前面的是我越討厭的東西。因為當我想到可能是退稿的死亡宣告時，就會變得坐立難安，光是聽到聲音就會嚇到……也許只有我會這樣吧。

「來啦～」

不管怎麼說，雖然電鈴聲讓我稍微產生些不愉快感，但我還是往玄關走去。

叮咚叮咚叮咚叮咚！

「這、這種煩死人的電鈴連打方式……」

還不用開門，我就知道是誰來了。

「小～和～泉！出～來～玩～吧！」

「才～不～要～」

喀嚓。我把玄關大門打開，同時對惠這麼說。

沒錯。開門後站在外頭的，就是身穿水手服的茶髮美少女，神野惠。

惠發出噗地一聲，鼓起了臉頰。

「怎麼是哥哥出來應門啊。」

「有什麼事嗎？」

因為實在很麻煩，所以我趕快切入重點。

「怎麼還問我什麼事……我不是說過一有新計畫就會再過來的嗎？」

她確實是有這麼說過，但沒想到這麼快。現充的行動力真是不容小看。

「……計畫內容呢？」

反正一定是些不正經的內容吧，我不抱持期待的問她。

惠帶著得意洋洋的微笑，突然朝我抱過來。

「嘿咻。」

迴避成功。

「為什麼要躲開？這是我的擁抱問候耶！」

如果是其他男人，現在大概會出現很開心的被抱住，然後臉紅心跳的場景也說不定。

但這對我無效。

「……呃，在玄關跟女孩子抱在一起，要是在左鄰右舍間傳出謠言會很丟臉的。」

惠緩緩地低下頭。

「嘖……這個死處男。」

「……喂，妳剛剛是不是說了什麼不得了的話？」

「咦？應該是錯覺吧？別說這些了，關於計畫內容啊。」

惠快速地轉身面向她後面。

「大家快過來～」

接著這樣呼喊。

……咦？大家？大家是指——

當我還陷在困惑之中時，狀況已經在我眼前快速發展。和泉家的玄關前，從門柱後方成群出現的是——

「「午安。」」「「安安。」」「「我們是一年一班，班上全體同學！」」

「給我回去。」

我冷淡的宣告。

「「「咦咦——！」」」

國中生×二十人以上，同聲發出疑問聲。

看來在我的視線範圍之外還有其他人。

「少在那邊『咦～』了！喂，惠妳這傢伙……是在給我搞什麼鬼？」

「什麼搞鬼，這就是B計畫喔。原本是打算找全學年的同學，一起來幫小和泉加油——雖然是有這樣的計畫。不過果然沒辦法執行，所以就跟全班同學一起跑過來了，嘿嘿♪」

「一起跑過來了」個鬼……這傢伙真的在負面意義上完全超乎我的想像。

「哥哥，你在生什麼氣啊？只要像這樣把班上的同學們聚集起來——」

惠&國中生們，朝著位於二樓的紗霧房間窗戶，高聲大喊。

「「小和～泉！」」「「快點來學校——吧！」」「「小和～泉！」」

「「大家都在等妳來喔————！」」

「這樣精神喊話，小和泉就會超級感激地來學校——」

「才不會去咧！她反而會蓋起棉被不肯出來吧！我說真的快住手！喂，那邊的那一個，不要擺出深呼吸的動作！不要再繼續進行追擊了！紗霧的生命值已經是零了！」

我拚死地阻止他們。

惠雖然一臉感到不可思議的表情，但還是對同伴們發出指示。

「大家，停下來。」

一聲令下，這個有如誦唱般若心經要消除惡靈的「小和泉快來學校～～」呼喊停止了。

「這是什麼意思啊？哥哥。」

「你們這些人還真的是什麼都不懂！這樣子百分之百是反效果啦！快給我回家去！」

「好～～啦。大家，回去吧～～」

「「再見～～」」

在國中生們一個個回家去——之前。

「今天謝謝你們喔～～明天學校見囉～～」

「嘿～～♪」「嘿～～♪」「明天見～～」「耶噫～～♪」「耶噫～～♪」

有的人擊掌，有的人揮手……竟然連道別時，也給我醞釀這種獨特的現充空間出來。

講個題外話，這個「耶噫～～♪」的發音，我稱為「現充的鳴叫聲」。這是一個意義極為模糊不清的話語，似乎被廣泛運用在打招呼或進行回應時。

就像非洲一帶的部族使用的神祕招呼語一樣吧。

「大哥哥也掰～～掰～～」

「是、是，耶噫～～耶噫～～」

我像是在唸稿一樣，並且跟國中生們擊掌道別。

這是什麼神祕的氣氛？這些傢伙每天都搞這些嗎？實在無法理解……

在除了惠以外的國中生們都回去之後。

「回去得還挺乾脆的。」

「因為哥哥你看起來好像真的生氣了嘛。」

這種敏銳的觀察力，希望妳能夠在計畫立案的階段就發揮出來。

「話說，我所說『回去』的對象也包含妳在內喔。」

「我馬上就會回去了啦。在那之前，來，這個給你。」

惠把挾著資料的板子遞過來給我。

「這是回覽板。」

「回覽板？為什麼會是妳拿過來？」

「因為就擺在門口前面啊——為什麼不直接送進來呢？」

「……啊——這是因為，那個原因吧。」

……雖然有點迷惘該不該跟這傢伙講，不過如果她因此不敢靠近我們家的話，那麼講出來其實無所謂。她也不是什麼壞人……應該沒關係吧。

「大概是因為流傳著這附近被詛咒的傳聞吧。」

「詛咒是嗎？」

惠有點驚訝地歪起頭來。

「就是持續發生了不幸的事情。我家也是這樣……隔壁這棟也是。」

我朝著自家的鄰棟房屋看過去。那是棟風格完全跟這平民住宅區不符，建造得非常美麗的兩層樓宅第。跟和泉家相同，在二樓可以看到有個陽台存在。

「雖然以前有位很了不起的作家住在那裡，但後來因為生病就過世了。」

那似乎是很久以前的事情。現在應該是棟沒有電力跟瓦斯的空屋才對。

「這棟房子乾淨到看不出來像是空屋對吧？好像是有遺族的人在進行管理。」

那位作家曾經寫過有「古老的洋房」和「白衣少女」登場的作品。

是只要說出名字，大家就都聽過的名作。所以該說就是這樣造成的悲劇，還是該說什麼呢？

「像是每晚都會響起的鋼琴聲，或是有身穿白色洋裝的幽靈出現之類，總之有不好的謠言流傳開……所以現在就被稱作是幽靈鬼屋了。」

當老爸在這裡買房子時，這個傳聞早已傳開。結果老爸跟老媽都完全不在意這個謠言，只覺得「便宜買到真是超幸運！」而已。以結果來說，最後就發生了那種事情，不過我不打算把這件事跟「詛咒」扯上關係。靈異現象這種東西，只要出現在創作裡頭就足夠了。

「雖然只是個從以前流傳下來，到處都有的傳聞。但因為一年前的事件，現在被重新傳開而已。」

雖然至少還沒有人真的當著面對我們說這些。但幽靈鬼屋以及和泉家是被詛咒的地點，似乎讓少部分的左鄰右舍感到十分害怕。

因為這樣，隔著馬路的對面鄰居，當他要傳閱回覽板時，就不會直接交給我，而是會擺在我家門口。

「原來如此，幽靈鬼屋啊……白色洋裝的幽靈……」

惠看起來興趣缺缺地說著。接著，她指著幽靈鬼屋的二樓窗戶。

「所以，就是在說那個嗎？」

「不要隨便開這種玩笑好嗎！」

啪！我使出全力轉身。

接著朝著惠所指的方向四處查看——不過……

「不是啥都沒有嗎？妳竟敢這樣嚇我！」

「她剛才正好被窗簾擋住了嘛。」

「惠，我說啊。就算要開玩笑也有能開跟不能開的……」

「沒有啦，才不是！」

惠把雙掌伸向前方揮舞著表示否定。

「就算是我也不會在這種情況下開玩笑！而且，我是個不太會隨便說謊的女孩子喔！」

這不就代表偶爾會說謊了嗎——不過……

她看起來不像是在說謊的樣子，但是，我看人的眼光還挺差的。

不管怎麼說，我都把這傢伙認為是「好人」了。

所以也不會懷疑她。

「如果妳沒有說謊的話……那應該是看錯了吧。」

「……如果是這樣就好了呢，我說真的。」

她用帶著同情的語氣回答我。

等惠回去之後，我為了確認紗霧被「小和泉快來學校呼喊」受到的精神損傷，於是朝著「不敞開的房間」爬上樓梯。

如果我是個家裡蹲的話，惠她們實行的「B計畫」根本就像是打死人還要鞭屍的行為，身為哥哥有必要去慰問一下才行。

「真受不了惠這傢伙……給我講那些奇怪的話出來。」

雖然我不相信幽靈什麼的，但是卻相信惠所說的證詞。

隔壁房子裡有個身穿白色洋裝的女性——至少惠她有看到——

「這樣不是會讓人變得會有點害怕嗎！」

說著說著我也到達「不敞開的房間」門前。我敲敲房門後對裡頭出聲詢問。

「喂，紗霧～妳還好吧～」

…………

沒有回應……看來，這是被同班同學們嚇到，害怕地躲在棉被裡發抖了。

希望不要變成心理創傷就好了……嗯唔，該怎麼才好。

「我去幫妳泡杯熱可可，稍微等我一下喔。」

正當我轉身要回頭的時候，

砰！叩！

房門再度突然打開，這次重重地敲打在我的側頭部上。

「！……妳、妳這……妳這傢伙真的……妳這傢伙真的是……！」

我自己也真夠蠢的啦！到底要受到幾次相同的攻擊才會甘心啊！

差不多要能擋下這種攻擊了吧——不過還真沒辦法像先人一樣順利。

「……紗霧，妳怎麼了？怎麼突然開門呢？」

我按著側頭部，發出好像什麼都沒發生般的帥氣聲音。

接著，發生了令人震驚的事情。

「——」

紗霧抓起我的手，把我拉進房間裡頭。而且還把手攬向我的腰間，緊緊抱住。

「～～～～～～～唔！」

「什、什、什……」

這種微微的胸部觸感……！我不是在比喻，而是我眼前真的變成一片血紅。看來事情發生得太突然，血液急速衝上大腦，讓我感到一陣暈眩。我好不容易擠出聲音。

「發、發發、發生什麼事了？」

「……！」

紗霧沒有回答，而是更加用力地抱緊我。我當然也更加地陷入混亂——

「……妳愛上哥哥我了嗎？」

叩咚！她用手把朝著我的下巴擊出一記像是上鉤拳的攻擊。

「妳、妳從哪邊拿出那種東西來的！」

「不是……！……靈……在。」

「妳、妳說什麼？」

「……幽靈……」

幽靈？為什麼紗霧現在會講到這個話題？難道是聽到我跟惠的對話嗎？

但就算真是如此……是、是怎麼辦到的？這裡是二樓——在樓下玄關前也不是說得很大聲的對話，不可能從這邊聽到。我先把這個問題擺到一邊。

「幽靈——怎麼了嗎？」

「…………」

「別擔心。有哥哥陪妳。」

我雖然是個靠不住的哥哥，但還是用溫和的聲音安慰她，盡可能讓她放心。

接著紗霧就在我的懷裡，開始緩緩地小聲說著：

「就是……當我正打算躲進棉被裡逃避現實時……聽到了鋼琴聲。」

「鋼、鋼琴聲？現在也有？」

對於我的疑問，紗霧點點頭回應。

「……是從……隔壁房子……傳來。」

「不可能吧，因為那邊……」

應該沒有任何人居住才對。更何況，都還沒有進入夜晚，幽靈怎麼可能會……

「……知道了，我相信妳。稍微等一下。」

我閉起眼睛仔細地聆聽。

……首先聽到的，是自己噗通噗通跳動著的心跳聲。然後……唔！

「聽到了！真的是鋼琴聲！」

「對、對吧？」

紗霧用她顫抖的手指著陽台。那邊被粉彩色的窗簾覆蓋著。從窗簾的隙縫中，夕陽的朱紅色彩照入了昏暗的室內。

「……妳從陽台……看到什麼了嗎？」

紗霧拚命地搖著頭……看樣子，她連說出來都覺得恐怖。

沒、沒辦法！我牽著紗霧的手，緩緩移動到陽台附近。

現在依然能夠聽到鋼琴的聲音。

「要、要打開囉……？」

我朝紗霧的臉瞄了一眼，她用快哭出來的表情點點頭。

「好、好啦……」

我用手抓住窗簾，接著唰地一口氣打開！

幽靈鬼屋的陽台近在咫尺。那是剛才惠所指著的地方。

沒有像是幽靈的人影。不過，鋼琴聲卻變大了。

……果然是從隔壁傳來的。

「……這是從隔壁……的哪邊傳來的啊？」

乍看之下，沒有發現什麼異常（實在不想說是幽靈）啊……

「……哥、哥哥，在、在那邊……」

「咦？」

我的視線隨著紗霧的手指方向而去——看見了。

斜下方的一樓……從窗簾的縫隙間窺探到白色的人影。

「呀啊啊啊啊啊啊啊啊啊啊啊啊啊啊啊啊啊！」（↑我的聲音）

「嗚嗚！」

我們兄妹倆不禁抱在一起發抖。因為實在太過恐慌，明明是跟妹妹互相擁抱在一起，但我卻怎麼也無法回想起這個時候的狀況。

「……這、這是……幽靈吧？」

「不、不對……這怎麼可能……」

「…………去看看吧。」

「咦？」

「……哥哥，你過去看看吧。」

「……妳是開玩笑的吧？」

這實在很恐怖耶。

「你去看看嘛。雖然不知道到底是什麼，但我害怕得沒辦法畫畫。」

……害怕到沒辦法畫畫啊。那就沒辦法了。

「知道了，妳在這等我。」

我把妹妹留在房間裡，一個人往「幽靈鬼屋」走去。

我走出玄關，把回覽板拿在手上，一步步靠近隔壁家的門口。當我打開黑鐵製的大門時，發出有如悲痛尖叫般……嘰嘰作響的金屬聲。

「……咕嘟！」

我踏入隔壁家的院子，抬頭仰望整座宅第。雖然清掃得非常乾淨，但卻充滿奇妙的魄力。

之所以會帶著回覽板過來，是因為可能真的只是有人搬進來而已。再加上，萬一被人看到以為我打算不法侵入住宅時，也有個藉口可以用。

「……希望不是幽靈。希望不是幽靈。」

我像在誦經般碎碎唸的同時，靠近了剛才造成問題的窗戶。

「看來……就是這裡沒錯。好、好啦……上吧！」

我一鼓作氣地，往窗簾的縫隙間窺探。

「——————什麼？」

我驚訝到忘了呼吸並且無法動彈。

幽靈的真實身分……不過就是杯弓蛇影。

山田妖精老師，正全裸在彈著鋼琴。

叮咚。

我繞回幽靈鬼屋的正面，按下電鈴。

叮咚。再一次，叮咚。

不過，穿上衣服也是得花點時間，按個三次應該就夠了吧。

稍微等待一下後，終於從門鈴的擴音器裡傳來一道十分大牌的聲音。

『是誰！想要原稿的話一張都沒有！』

……光是這段台詞，就讓我窺探到這傢伙厭惡的日常生活了。

至少也先確認對象再說出口啊……我毫無表情地這麼回答：

「我來拿回覽板給妳。」

『啥？……什麼嘛……你就隨便找地方擺吧。』

這傢伙，完全沒有打算跟左鄰右舍有個良好的交流吧。或者該說，這傢伙會出現在這裡的原因也還不得而知……唔嗯。

「山田小姐。我想請問一下，為什麼妳要全裸彈鋼琴呢？」

『什麼！』

噗嘰！嘎噠！咚咚咚——喀嚓！

「你這偷窺狂——唔！」

她本人從玄關一躍而出。不是全裸，而是穿著跟之前在編輯部看到時相同的蘿莉塔系服裝。她揮舞著掃把衝了過來，當她認清我的臉之後，瞪大了眼睛。

「呃？和泉征宗？」

「妳好。」

我半瞇著眼睛並且舉起右手。

「這算什麼！怎麼一回事！」

「那是我想說的台詞。為什麼妳會出現在這裡，還赤裸著身體？」

「那、那是因為！是因為——」

「是因為？」

「因為興趣啦！」

轟隆。為什麼這傢伙非得要不停擺出這種帥氣姿勢才行啊。

……興、興趣……？

雖然妖精她剛才顯得相當動搖，但馬上就重新恢復到平常的水準，或者甚至可以說是一副自豪的樣子。

「剛洗完澡然後全裸彈鋼琴的話——心情不是就會變得非常愉快嗎？這樣子腦中也會浮現出非常棒的劇情不是嗎？」

「我、我沒有嘗試過所以……」

「務必試試看！本小姐非常推薦！」

雖然不太想這麼認為，但說不定……剛才那場景，就是這傢伙構思劇情的獨特方法……沒錯吧？這樣子的話我也沒辦法責怪她……也許吧。不停工作到腦袋燒壞的例子，在這個行業裡頭，還挺常見的。

我對精神狀況顯得有點異常的同行，用溫和的語氣這麼說：

「下次要好好把窗簾拉上喔。從外面整個看光實在太糟糕了！」

她竟然拿起掃把戳我的臉！

「你才是！為、為什麼你會在這種地方偷窺！本小姐真是太粗心大意了！沒想到電風扇的風會把窗簾吹起來……！」

妖精喝呼！喝呼！的用掃把尖端使出連續突刺。她的臉龐變得整片通紅。我本來以為她是個變態暴露狂，但看來還是有羞恥心嘛。

「這是誤會一場！我只是拿回覽板來給妳而已！而且我家就在隔壁啊！」

「那、那種偶然——」

我沉默的退後一步，指著和泉家的門牌。妖精看了一眼之後。

「——就算真的存在！但偷窺美少女的裸體是最差勁的行為！」

「我又不是自己想偷窺的！這是因為有很深切的理由……！」

這間房子被稱為幽靈鬼屋，並且流傳著有身穿白色洋裝的幽靈出沒或聽到鋼琴聲的怪異現象傳聞……還有，剛才從這房子裡傳出鋼琴聲，為了調查這一點才無可奈何的跑來偷窺等——我把這些原由都說給她聽。

「就是這樣。」

「……哼、哼嗯。是這樣啊。我懂了！既然是事故那本小姐就接受你的說詞吧！所以你也要把剛才看到的都忘掉！」

妖精把掃把丟下。不過她臉還是很紅，這傢伙怎麼總是這麼興奮。

「了解啦。」

對我來說，讓這種尷尬的狀況繼續下去也很困擾。

為了轉換氣氛，我用很自然的語氣詢問。

「妳才是為什麼會在這裡呢？」

「為了參加動畫的劇本會議，本小姐最近才搬過來的。」

「還有這種事啊。」

「你看，動畫的製作公司，大部分不都設立在東京嗎？」

呃，這我可不清楚。

「每個禮拜的會議，本小姐不親自出席參與是不行的。這是為了能夠製作出優秀的動畫，並且對這個世界進行救濟……呢。」

「總覺得，妳還真辛苦。」

「還好啦～～♪不過，本小姐可是動畫化作家，所以這也沒辦法！因為是動畫化作家嘛！」

糟糕，讓她開始囂張了。

已經決定要動畫化的作家，還真的開口就是動畫動畫動畫動畫……

真是一整個得意忘形。

「雖然因為是決定動畫化後才開始找房子，所以變成只能買下現成的住宅而已。不過附帶一提，因為本小姐樂觀期待著動畫化博覽會的版稅，所以就用現金付清，沒錯……本小姐用動畫化現金一次付清買下這棟房子啦！」

「一、一次付清買下房子？」

我家的房子光是貸款就讓老爸苦不堪言了……這就是動畫化的力量嗎！

「沒錯！用動畫化現～～金一次付清喔！這是理所當然的！因為是動畫化作家嘛！」

妖精用不懷好意的笑容跟囂張的口氣說著：

「呵呵呵……十四歲就在東京都內買下獨棟的房子會不會不太好啊？」

該死！好想宰了她！

「這是本小姐這種大人物才能達成的創舉喔！另外也許該說是我的僕人們大量購買本小姐的書的關係？呵呵，他們真是群好孩子對吧。你很羨慕吧？」

「超羨慕的！但是，我的讀者們也不會輸，雖然數量上可能遠比妳的支持者要來得少，但他們每次都從很難找的書架上，把我的書找出來並且買回家！明明有進貨的書店也很少！而且也有每次都會寫支持信寄給我的讀者！他們不會輸給妳的支持者！不要小看他們！」

不好意思，只有這點我非得熱烈的反駁回去！

「……用不著那麼生氣吧，抱歉啦。」

「妳知道就好。」

「哼，不過還是本小姐家的孩子們，忠誠度比較高就是了。」

竟然說忠誠度。這傢伙把讀者當成什麼啊？

「……另外，這邊好像有幽靈出沒喔。」

我不甘心地這麼放話反擊，但妖精卻絲毫不屑一顧。

「哼，幽靈什麼的才不可能存在！就算真的存在，也只會被本小姐當成小說的題材而已！」

真是意志堅強的傢伙。不愧是暢銷作家大人。

「比、起、這、些！」

妖精在原地有如跳舞般的轉一圈。然後充滿氣勢地指著自己家。

「如何！本小姐這天才美少女輕小說作家，山田妖精大人的城堡！盡情稱讚它吧！」

就算妳問我如何……這裡從以前就在我家隔壁了……

「嗯，是很漂亮的房子沒錯啦。」

「就是說嘛！所以就稱呼它為水晶宮殿吧！」

竟然把自己家取名成像是最終迷宮般的名字。

不愧是暢銷作家大人，感性就是跟平常人不同。

妖精好像還接著想說些什麼似地，不停往我這邊偷瞄。

「和泉征宗。如果你說什麼都想要參觀的話……要本小姐賜與你踏入這座城堡，也就是這座水晶宮殿的榮譽也是可以的喔。」

毫無疑問地，她只是想跟同行炫耀自己的新房子而已。

「妳的房子啊……老實說，我是還挺有興趣的。」

雖然我對作者本人的好感度持續在下滑，但我畢竟還是山田妖精老師的書迷。她住在什麼樣的房子裡，或者是在什麼樣的環境下工作，我都很想看看。

而且啊，搞不好……在參觀完暢銷作家的住家後，可以發現什麼「能夠讓作品暢銷的祕密」之類的……說不定至少可以掌握到相關提示。

「你想進去看對吧？你很想進去看對吧？呵呵呵……ORICON排行榜第一名的暢銷作家所居住的城堡，你很有興趣對吧？」

「對啦對啦。」

這傢伙是個怎麼樣的人，我好像慢慢可以裡解了。

我在嘆氣的同時，進入了原本被稱作幽靈鬼屋的水晶宮殿。

雖然冠上了水晶宮殿這麼誇大的名稱，但內部卻是個挺普通的住家。各個房間配置都跟我們家差不多，一走進去就馬上會看到樓梯。也許是被幽靈鬼屋的印象影響，總覺得內部略顯陰暗。

「你應該要感到光榮！因為你是本小姐這座城堡第一個客人！」

「……是、是這樣嗎？」

我是第一個？真的有這種事嗎……？

總覺得……這傢伙似乎也有些特殊的問題。

「打擾了。」

當我脫下鞋子，踏出一步時，地板就發出嘎吱作響的聲音。

「…………」

「怎麼了？是往這邊走喔。」

「嗯，喔……這房子沒問題嗎？怎麼才走兩步就這樣嘎吱叫了？」

「真沒禮貌。這可是偉大的作家居住過的傳說宅第，房屋持久性也沒有任何問題——房屋仲介是對本小姐這麼說的。而且，就是這種充滿風情的地方才好呀。」

這是房仲業者隨便跟妳說說，然後妳就這樣被唬弄了吧？

不過如果她喜歡的話，那就罷了——當我正這麼說服自己的時候。

嘰嘰咿咿咿～～～～～

「嗚噫！」

我嚇得肩膀發抖，鐵青著臉小聲說著。

「…………剛才那什麼聲音？騷靈現象？」

「只不過是房屋震動而已啦。呵呵，和泉征宗——你還真膽小。」

……仔細想想，這傢伙的服裝，也是會讓這個情境的恐怖感增加的要素。

我被帶去的地方，是一個西式風格的客廳。這裡相當寬廣，至少有五坪以上的空間。裡面擺著液晶電視跟電視架，電視架裡頭收納著遊戲軟體、主機還有動畫的藍光光碟。木質地板上鋪著紅色花紋的地毯，上頭擺設玻璃製的矮桌。桌上放著一台筆記型電腦，旁邊有張白色的椅子。

「妳都在這裡工作嗎？」

「平常都是在二樓的工作室寫作。不過老是在同一個環境下工作也會膩，所以有時候就會在這邊寫作。」

「喔～」

這傢伙就是這樣子轉換心情的吧。

「你就隨便找地方坐吧。」

「…………」

我在矮桌旁邊盤腿坐下。畢竟只有一張椅子我也不好意思坐下去。當我坐下後，視線就被從進入房間開始就一直很在意的地方給吸引住。

——那裡有台鋼琴，還有電風扇。

「…………」

「你、你這傢伙，看著鋼琴是在想像什麼！」

端茶過來的妖精對我怒吼。

「我才沒有！我老早就忘掉了好嗎！妳才不要舊事重提，妳這自我意識過剩的傢伙！」

喀鏘！妖精把端盤像是砸下去似地放在矮桌上。

「雖然是本小姐自己說要你忘掉的，但你是不可能那麼簡單就忘掉的吧！那可是本小姐神聖的全裸！」

神聖的全裸是什麼鬼。

「這麼說來，從第一次遇見妳的時候開始，妳就一直嚷著全裸全裸實在很煩——難道妳有在崇拜全裸教的全裸神之類的嗎？」

「以一個廢物作家來說，你的比喻還真是貼切。」

我只是想說來挖苦她而已，沒想到這比喻很貼切啊……

「沒錯！全裸正是神賜與人類最自然的衣服！比全裸還要美好的服裝根本不存在於這個世上！」

全裸教的教義，看來比想像中還要可怕。

「啊啊……所以妳作品裡頭的女性角色們，才會那樣一個接一個的變成全裸……？」

「就是這樣！很美吧！讀者們也非常開心呢！」

砰！我用力拍了矮桌。

「怎、怎樣啦……？」

妖精被嚇得身體一震。我接著這麼說。

「妳……妳啊……！妳根本就完全不懂戀愛喜劇！」

「你算哪根蔥？本小姐的作品可是賣得比你好上一百倍耶！」

妖精勃然大怒。

不管怎麼說一百倍也太誇大了。頂多就是十倍左右而已吧？

雖然銷量天差地遠是事實沒錯。

「哼，那又怎麼樣。賣得好了不起啊！」

「當然了不起！銷售量就是作家的戰鬥力啊！」

竟然講得這麼直接。

「我真不喜歡這種說法。回到主題，全裸在某種意義上是最沒辦法讓人興奮的服裝吧。就跟內褲整個外露比偷瞄到內褲還要令人無感是同樣道理。」

「你才是什麼都不懂！就是因為這樣才要靠本小姐的文才以及插畫家的畫工來好好發揮啊！而且大多數的男性讀者，根本沒有像你說的這樣有潔癖！男人在情色之力面前，根本就毫無招架之力！」

寫了那麼幻想的作品給我們看，竟然說出這麼充滿世俗的台詞。

不要對妳的支持者說這種話啦。

「才沒有這回事！」

至少，我就不是因為色色的劇情很多才變成妳的書迷。

而且男孩子啊，因為是自己喜歡的女孩子，才會想看她的裸體不是嗎？

我覺得不管三七二十一先脫再說，真的不代表這樣就會比較好。

「白～痴！我的僕人們都覺得這樣很棒，所以就是這麼一回事啦～～～～～～～～～～～～～～～～」

「絕對不是這麼一回事～～～～～！妳的作品第一集裡頭，第一女主角剛登場之後馬上就全裸那段劇情，我到現在還是覺得爛到不行～～～～～～」

「你說啥？那段不就是充滿究極情色感的超萌名場景嗎！因為森林的規章，第一女主角被異性看見裸體，就得把貞操奉獻給對方的這個設定，本小姐可是作出最大限度的活用來讓劇情順利發展了不是嗎！——啊！但、但是，本小姐的貞操可不會給你喔！」

「誰想要啊啊啊啊啊啊啊啊啊啊啊啊啊啊啊！」

這女人真的有夠煩。不要把自己小說的設定，跟現實生活混在一起好嗎！

「你……說什麼～～！竟然對本小姐這個超級美少女輕小說作家大人用那種口氣……！竟敢對ORICON排行榜第一名的本小姐，用那種口氣說話！」

「ORICON第一、ORICON第一，一直重複這句話煩死人啦！妳在別的排行榜徹底輸給●海王，這禮拜的ORICON也被刀劍神域超越，已經不是第一名了吧。」

「嗚咕……！」

看來是戳到她的痛處，妖精用手按著胸口。

即使額頭上冒出冷汗，她還是用逞強的語氣。

「……呵呵……礫這傢伙……看來稍微有點成長了呢……雖然只是偶然，但能讓我在ORICON上嘗到敗績……雖然只是偶然……但不愧是我認同的小說家……」

為何講得好像妳是川原礫老師的師父一樣？明明這禮拜只有十四名左右而已。

「不過！等『本小姐的動畫』開播之後，藍光光碟就會賣個一百萬片左右，原作的銷售量也會成長為三百倍以上，刀劍神域這點程度根本不是本小姐的對手！他不過是在不久將來，當本小姐徹底打垮電擊文庫之前……沒錯，刀劍神域只不過像是個中級BOSS般的對手而已！」

得、得快讓這傢伙閉嘴才行……

當我膽顫心驚地看著她時，妖精開始更加得意忘形地口出狂言。

「還有●海王……不愧是我的勁敵……真是差距細微的惜敗。這次我就老實承認敗北吧……
雖然真的只是差距細微的惜敗呢……」

「照妳的說法來講，航●王的戰鬥力現在可是高達三億喔。」

「…………」

妖精陷入沉默。

「……啊……啊啊……啊……」

她臉色發青並且不停顫抖。面對這個壓倒性的戰力差距，不可能保持得住原本的鬥志。

「而且●海王的發行量，接下來還會繼續增加……妳知道這代表什麼意思嗎？」

像這樣用數字一比，還真是有夠恐怖。

這可不是創作而是現實的數字，但卻比任何漫畫的最終頭目的演出都還來得可怕。

「……它現在出到第幾集了？」

「大概七十集左右吧？」

「…………」

妖精把食指彎曲頂在下嘴唇，稍微思考一下後……

表情在一剎那間閃耀出光彩。

「什麼嘛！這不是沒啥了不起的嗎！」

喂！這傢伙！

「航海●意外的也很虛嘛！出了將近七十集也才這種程度而已？當我也出那麼多本的時候，一定可以輕輕鬆鬆超越它的！」

「……妳是認真的嗎？」

三億這種數字怎麼可能會虛啊。

而且小說這種媒體，不管怎麼樣熱賣，都不可能跟漫畫的暢銷大作抗衡——這雖然是一般常識……但妖精卻挺起胸膛，彷彿在說誰管這種常識一樣。

「本小姐當然超級認真。或者該說——難得『選擇』了這個『職業』，如果沒有這點程度的氣魄，那就一點都不有趣了吧。」

本小姐可是要創造出究極的輕小說——

「我要成為『小說王（Novelist Lord）』！」

她堂堂正正地宣言。

「…………呵。」

我很自然地露出笑容來。

看到她那規模龐大的理想，壯大的夢想。雖然愚蠢但又帥氣無比的旁註標記使用方式。

我差點就對她說出——「加油喔」。

不行不行！不是這樣，不是這樣子的吧……！

你忘了跟這傢伙在編輯部的對話了嗎？

「妳的目標——雖然對我來說，一點都無所謂。」

我把手撐在膝蓋上，緩緩地站起來。

「雖然無所謂……所以呢？」

我面對這個競爭對手，對上她的視線，向她宣告。

「我不會輸給妳，我絕對不會把情色漫畫老師讓給妳。」

我用力握緊拳頭。

妖精用高傲的眼神盯著我。

「哦……你這個廢物作家，想要挑戰在不久的將來，挑戰本小姐這個累計銷售將會超過六億本的『小說王』……不，是『超作家(Super Novelist)』是嗎？」

「哼，我才不打算為銷售量這種無聊的指標來奮鬥——」

相對的，我要為「最被重視的評價基準」來奮戰。

「一決勝負吧！我的夥伴是不會讓給妳的！我要用超有趣的新作小說，把什麼動畫化作家輕輕鬆鬆打敗！」

「很好，那本小姐就要寫出比你更有趣的小說，讓情色漫畫老師改變心意。然後，本小姐就能夠獲得究極的插畫！」

以哪邊能寫出有趣的小說來決定高下。

負責審判的，是情色漫畫老師。

獲勝的一方——被情色漫畫老師選上的一方——就能請她繪製新作的插畫。

就是這麼一回事。

回到自家的我，目前正在「不敞開的房間」裡頭跪坐著。

在我眼前，穿著睡衣的妹妹，正面紅耳赤地瞪著我。看來她很生氣吧——嘴角緊緊繃著，下巴甚至跑出「梅干」形狀的皺紋。

她一開口——

「太慢了！」

就這樣大喊。透過耳機上的麥克風一喊，讓人聽見二次重疊的聲音，不過這是個不需要透過麥克風就聲量充足，充滿感情的喊聲。

「為什麼！不馬上！」在這邊暫時中斷換氣「……立刻！回來！」

……為什麼妹妹會對我發脾氣呢？

我想想……

「因為我去幽靈鬼屋查看，遲遲沒有回來，所以妳一直自己一個人很害怕嗎？」

「不對……！才不是！」

「『才不是那樣』？那怎麼了？」

「沒事啦，算了。」

紗霧哼地一聲，彷彿在鬧彆扭般地轉過頭去，並且嘟著嘴巴。

「……那個……沒有嗎？問題。」

雖然在網路轉播時能夠流暢的聊天，但是像這樣面對面交談時，紗霧就真的會變得結結巴巴。我得要把妹妹說話時的箇中含意，好好思索一下之後才能夠回答。

「啊啊，沒問題。那不是幽靈喔。」

「是、是嗎？」

「那個鋼琴聲是——…………呃……」

想起全裸女孩的英姿，我一時之間陷入語塞。

「只是隔壁鄰居在彈鋼琴而已，是最近才剛搬過來的。」

「…………鄰居……原來真的有人。」

正當紗霧用不高興的聲音自言自語時。

砰！這股聲音從窗簾的另一頭傳來。

「呀啊！」

紗霧嚇得跳起來。而我也瞪大眼睛，說著：「什、什麼情況？」

「……從，嗚嗚……從那個……窗戶……」

紗霧緊緊抓著我的衣服。

沒錯，窗戶的另一頭，就是幽靈鬼屋。當然並沒有幽靈存在，可是位於二樓的「不敞開的房間」的窗戶被敲打也是事實。

「沒事，交給我吧。」

我慢慢靠近窗邊，把鎖打開，

「我要開窗囉。」

接著一口氣連同窗簾一起拉開。

「哥哥，危險……！」

剎那間。

咻——啪磅！

我的額頭，被敵方的狙擊爆頭了。

「嗚哇！這、這是怎麼回事！」

雖然受到強烈的衝擊，但幸好看起來不是什麼會讓人立刻死亡的東西。

我把吸附在額頭上的某種東西，抓住其棒狀部分後用力一拉。

伴隨啵的一聲一起拔下來的是——

「……玩具……弓箭？」

為什麼會是這種玩意兒？

耳熟的高傲聲音，從幽靈鬼屋的方向傳來。

「你終於出現了！」

「這、這個聲音是！」

我把視線從弓箭往上移動。

「正是本小姐！」

在對面的陽台上，舉著弓箭的妖精正站在那邊。妖精配上弓箭，還真是貼切到令人覺得恐怖的完美組合。又或者該說，跟這傢伙作品裡登場的女性角色還真是相像。

「我說你這傢伙！突然就猛衝回家是在想什麼！本小姐明明還想繼續介紹這座城堡，你不覺得自己太沒禮貌了嗎！」

嘰哩呱啦又喋喋不休！她就像隻狂犬般地不停吠叫。

我抓住陽台的柵欄，把身體伸出去。

「我還在想發生什麼事，原來又是妳搞的鬼！竟敢把我妹嚇哭！妳去被惡靈附身後撞牆死一死啦！把妳現在手上的系列作最後一集寫完以後就去死啦！」

「本小姐聽不懂你發脾氣的重點啦！而且根本用不著這麼生氣吧！」

「我、我才沒有哭！」

喋喋不休又嘰哩呱啦。現場全體人員都失去了平常心。

「我們剛剛已經演變為敵對關係了吧！而且妳還在幽靈鬼屋裡彈鋼琴，要說沒禮貌是彼此彼此吧！」

「才不是彼此彼此～～～！光是被你看到裸體就是本小姐比較虧吧～～～」

「我又不是因為想看才看的——這我已經講過了吧！妳要這麼講的話，那我現在也馬上脫給妳看！看啊！快看快看快看快看啊！這樣子就如妳所願了吧！」

「呀——！你、你讓本小姐看什麼鬼東西！」

咻咻咻咻咻！

妖精眼角泛著淚光，不停亂射弓箭過來。

「好痛！痛死了！妳這傢伙！」

我半脫著褲子後退。同時，紗霧也用力把窗戶關上。

哐啷哐啷哐啷，砰咻！

唰——接著把窗簾拉上，完全與對面隔絕。

除此之外。

「…………」

一道銳利的眼光射向我。紗霧正用像是看著垃圾的眼神，抬頭看著我這個哥哥。

跟惡靈或是作品被退稿比起來，這可說是更恐怖的存在。

「………………」

「…………………」

這股沉默所造成的壓力彷彿就要把我壓垮了。

「哥哥。」

「是！」

我不禁用超尊敬的語氣回答。什麼？這股魄力是怎麼回事？

紗霧緩緩向我詢問。

「…………那個女人，是誰？」

「報告！是住隔壁的山田小姐！」

我不知道那全裸女孩的本名，再加上還有對決這件事，所以我不想把山田妖精老師就住在隔壁這件事告訴紗霧，於是就這樣回答。

「……哼~~……你跟這位山田小姐，很熟嗎？」

「報告！今天是第二次見面！」

「……你們，很要好嗎？」

「報告！不是！我超想宰了她的！」

「……為什麼要說這種謊話……你們看起來完全不像是討厭對方的樣子。」

「我沒有說謊！我跟那種傢伙一點都不要好啊！」

第三章

為什麼我非得要對妹妹解釋自己跟那隻色情妖精的關係啊？

真是無法理解。

紗霧暫時沉默了一陣，接著在我鬆懈的同時這麼問道：

「……你看到她的裸體了嗎？」

「……………」

「看到了嗎？」

「……………」

「看到了吧。」

我把視線從妹妹臉上移開。

「……看、看到一點點。」

「………………………」

接著是無比凝重的沉默。我在難以忍受之下，偷瞄一下妹妹的臉色。

……那是毫無表情到有如凍結的臉龐。只有那雙眼睛，像是要責備我般地半瞇著。

「哥哥。」

「什、什麼事……？」

當我用變得有點破音的聲音回答後，紗霧用無比冷酷的聲音說著：

「把褲子穿上，然後出去。」

被她這樣一說，我終於察覺到自己的褲子脫到一半，而且內褲完全外露。

房間裡再度被沉默所支配……我沉默的穿上褲子，並且回到走廊上。

接著，在房門關上之前——

「變態。」

磅砰。

「………………」

在緊緊封閉的「不敞開的房間」門口，我無力的跪倒下來。

兩天後的午休，我在學校的圖書室撰寫小說。我使用的不是平常慣用的折疊式筆記型電腦，而是利用智慧手機的記事本軟體在寫。就是有對應雲端傳輸的那種。

希望大家可以理解，把筆電帶到學校實在是件苦差事，而且如果用筆電來寫輕小說，就會被同學從背後問「你在做什麼？」並且偷看螢幕，這點我實在不喜歡。

在散發出書籍氣味的寧靜空間裡，我靈巧的操作大拇指來輸入文章。畢竟這無法跟使用鍵盤時相比，但只要好好練習，就算是用手機也能夠寫小說。

以前曾經流行過的「手機小說」讓我學到了個好技能。

——不過。

「…………唉啊啊啊啊啊啊啊啊啊啊啊。」

從我的口中，洩漏出陰鬱的嘆息。從那之後，妹妹就連一句話都不肯跟我說。

還不只是這樣。禮拜一交出去的原稿，在昨晚也被宣告退稿了。

……可惡……該死的編輯，她有確實閱讀完再進行判斷吧……

在新人獎提出小說參賽的作家志願者們，當他們落選時，想必也有著一樣的想法。

但不管怎麼說，既然被退稿了也沒辦法，只能繼續寫出新的作品。

雖然鬥志比以往都還要猛烈地燃燒，但總覺得這股熱情只是在空轉而已。

「——該怎麼辦才好。」

我看著天花板，無意識地說出這口頭禪。

「很沒精神呢，怎麼了嗎？」

跑來找我說話的，是高砂書店招牌女店員智惠。

不知從什麼時候她似乎就已經坐在我對面了。

她當然是穿著學校的制服。喜歡看書的她，大致上都是在圖書室出沒。這並不是因為她沒有朋友，只不過是自己一個人看書比較符合她的習慣而已。

不過她也不是屬於文學少女那種氣質的就是了。

「也沒什麼啦。就只是諸事不順而已。」

「喔～～喔～～如果可以的話，我是能聽你抱怨一下喔～～」

「就是啊——」

我毫不客氣地，把最近陷入消沉的原因（情色漫畫老師的真實身分，以及山田妖精老師搬到隔壁這些事隱瞞不說）說了一部分給她聽。

「哦～演變成賭上情色漫畫老師，然後要跟山田妖精老師一決勝負的情況啦……但是幹勁卻老是空轉，作品也不停被退稿，這樣嗎？」

「簡單來說是這樣沒錯。」

「哈哈，兩個男人以另一個男人為賭注來爭鬥，好像ＢＬ小說的情節。」

「不要拿我開玩笑。」

「抱歉抱歉。不過啊～有一點我不太懂耶。」

「嗯？」

「關於這場對決，具體上要怎麼樣判別勝負呢？」

「那當然是……」

我稍微思考一下後，

「當兩人的新作都完成後，就交給情色漫畫老師閱讀……」

「怎麼交給他？」

咦？

「現在能夠聯絡上情色漫畫老師的，只有你的責任編輯而已不是嗎？而且他似乎連山田老師的郵件都沒有回信了。」

「說的……也是。」

「所以啦，就算山田老師寫出新作，也沒有能讓情色漫畫老師閱讀的方法啊。」

「的確……聽妳這麼一說。」

妖精她沒辦法透過神樂坂小姐把原稿送過去。

只要紗霧她不自己去跟對方的編輯部或是妖精聯絡，這場對決根本無法開始。只會變成單方面把稿子送過去而已。

「哎呀，因為當時現場的氣氛已經變成要一決勝負了，這些事情完全沒有去考慮到。」

你們兩個還真是笨蛋呢，智惠笑著說。

「不過，對山田老師來說，是要在撰寫新作的同時，等待情色漫畫老師主動聯絡——感覺就像這樣子吧？」

一般來說是這樣。或者說，也只能這樣做。

不過……那傢伙到底會不會有這麼普通的想法呢？

「本小姐打算揭露情色漫畫老師的真實身分！」

理所當然地，妖精這傢伙可一點都不普通。

「妳啊，突然來說些什麼鬼話……」

非常湊巧的，就在我跟智惠聊到「關於對決」的當天放學後。

穿著跟往常一樣蘿莉塔服裝的妖精，雙手交叉插在胸前在和泉家的門口等著我。

而她一開口所說出的，就是剛才的台詞。對我來說，在吐嘈「妳在說什麼鬼話」之前，其實還想先吐嘈她「妳到底在搞什麼鬼」。

……她在這裡等著？等我？從什麼時候開始？

之前我們不是才因為要一決勝負而分道揚鑣了嗎？

我的腦袋裡，被大量的問號塞滿。

「因為你也不知道那傢伙的聯絡方式吧？」

這個情報，應該是從神樂坂小姐那邊聽來的。

「嗯。」

「既然如此，那就只能這麼做了！就這麼袖手旁觀，只能不停寄郵件過去——這種狀況本小姐實在是無法忍受！」

這傢伙看來的確像是無法忍耐跟等待的類型。

「妳為了跟我講這些，所以就在這裡等我嗎？」

「沒錯。畢竟也算是要一決勝負的對手，所以我想還是得讓你知道。」

這傢伙還真會搞些無法理解的行為。該說是誠實正直，或是其他什麼嗎？

但是，這次倒是幫了個大忙。不管怎麼說，因為這個女人打算要揭露紗霧的真實身分。如果她沒有告訴我的話，我也就無從對應。

妖精似乎意有所指地，朝我偷看一眼。

「接下來，就要進行為了揭露他所需的作業。就在本小姐——大作家山田妖精的工作室裡頭。」

「喔，是這樣啊。那還真厲害。」

那麼，說什麼我也得去妨礙妳才行。好啦……為了達到目的……

妖精她又再度朝我偷瞄了兩眼。

「哼哼～看來你似乎有興趣呢？」

「嗯，我好有興趣喔。」

「是、是嗎？那麼有興趣啊？」

「對啊，我有。像妳這樣的暢銷作家，請務必讓我參觀一下工作室。也許可以讓我學到不少東西。」

雖然這只是個為了能進入妖精工作室的藉口，不過我倒也沒有說謊。

「哼、哼嗯～你還挺用心的嘛！」

妖精很開心地把雙手交叉在胸前。

「好吧，這次是特別准許喔。就讓你見識一下本小姐的工作室！」

這女人還真是輕而易舉就能搞定了。

「了解。那就感謝妳讓我參觀囉。」

「那就這麼決定啦！來！跟本小姐走！」

進入水晶宮殿後，我跟著妖精走上樓梯。

「嗯～～哼呵～～哼哼♪」

在我前方帶路的妖精，腳步相當輕盈，而且似乎相當開心。

真可疑。該不會是有什麼要陷害我的陷阱在裡頭吧？

水晶宮殿的二樓，跟我家是有如鏡射般的構造。雖然細部有所不同，但和泉家裡頭「不敞開的房間」位置，就是妖精的工作室所在。

金色門把的木製房門上，掛著寫有「Office MOON SIDE」的門牌。

妖精以非常裝模作樣的動作將門打開，接著看著我。

「呵呵……歡迎你，異邦的訪客啊。這裡就是本公司的入口。」

「是、是喔。」

我實在沒辦法跟隨她這種調調。

「妳剛剛說本公司，所以妳已經法人化了嗎？」

「這是當然的吧。因為本小姐是動畫化作家啊。為了對應相關稅金而法人化，只要是動畫化作家每個人都會這麼做。」

「哦～～是這樣啊。總覺得好像很麻煩。」

「雖然很麻煩但也沒辦法。因為是動畫化作家，所以收入超級高。因為本小姐是動畫化作家嘛。不過，像你那種程度的年收入，只需要使用暗黑魔導器『彌生會計』（註：日本知名的會計軟體）就很足夠了吧。」

「不要把青色申告（註：日本的所得稅申報方式之一）的好夥伴彌生會計講得像是什麼邪惡的東西好嗎！還有也不要計算我的年收入。」

所以說同行業者就是這樣……

「另外，這個是我的名片喔。」

「謝謝，那我就不客氣收下了。」

妖精裝腔作勢的把名片夾在手指上遞給我。

白底的名片上寫著深綠色的文字。首先是「Office MOON SIDE」這個公司名稱，名稱下方則寫著職稱與筆名——「Greater Novelist Elf Yamada」……什麼？

「這是什麼？」

我很認真地詢問。妖精則是看起來一頭霧水。

「有什麼問題嗎？」

「Novelist是小說家這個我知道……作家的名片上還滿常這麼寫的。但這個Greater是什麼？難道說……難道妳這個是……大小說家的意思？」

「當然是這個意思啊。」

怎、怎麼可能……竟然會有人在自己的名片上寫「大小說家」這種職稱……？

這個衝擊性的事實，不禁讓我感到顫慄。

妖精擺出把單手擺在胸前的帥氣姿勢說著：

「本小姐認為，就算是小說家也要有能區分出層級的職稱才行。偉大的本小姐跟廢物作家只能報出相同的職稱，這樣很奇怪吧。」

我要不要放棄當這個人的書迷比較好呢。

「我順便問一下……是要用什麼基準才能讓職稱升級呢？」

「當然是累計銷售量囉。突破百萬本後就能成為『大小說家』這種天選之民般的存在，並且獲得各個作家獨有的特殊能力。超過一千萬本後就能『進化』為能夠操作核融合魔法的『偉大小說家（Ark Novelist）』。超越一億本之後就是能成為統領整個業界的『小說王』——登上這個位階後，在人類之中就已經幾乎找不到對手。然後當跨越過五億本之後，終於……就能夠『最終進化』為連我們的天敵『國稅局』都能克服的存在，也就是究極完全體的『超小說家（Super Novelist）』啦！」

已經完全聽不懂她在講什麼，拜託饒了我吧。

我忍受著痛苦並且也只能這麼回應。

「……妳還真是塞滿一堆詳細設定在裡頭呢。」

「呵，因為我是動畫化作家嘛。」

講得還真是威風凜凜。不愧是「大小說家」……

「你的名片呢？」

「沒那種東西啦。」

在我們這樣閒聊的同時，也進入了妖精的工作室。

房間的角落擺著業務用的印表機與碎紙機。設計感非常時髦的白色桌子擺設在正中央，桌上有一台筆記型電腦。桌子旁邊放著一張多功能電腦椅，它就像是魔王的寶座般矗立在那。房間的配色以淺綠為主，同時微微散發出類似梅花的香味。

總覺得，這種充滿尊榮風格的工作環境跟這傢伙還真相配。

妖精接著指著陽台。

「從陽台眺望出去的風景也很棒喔！雖然是房仲業者這樣告訴本小姐的！」

「……那麼，就請讓我看一下吧。」

反正跟我家不會有什麼差別吧，畢竟就在隔壁而已。

很遺憾的只能看到道路跟荒川的河堤而已。

雖然這樣想，但我至少還懂得要給她點面子不要把真心話講出來。

我打開窗戶走出陽台後。

「……喔。」

走出水晶宮殿的陽台後首先看到的，是紗霧的房間。

……紗霧這傢伙，竟然忘記把窗簾關上。

這還真是稀奇——就如同家裡蹲這個名稱，紗霧應該是隨時都把窗戶跟窗簾緊緊關上才對啊。

……忘了關，是嗎……說起來如果想要「忘記關上」的話，就得先把窗簾打開才行……總覺得這聽起來相當不自然。

畢竟不管怎麼想，紗霧實在沒有把窗簾拉開的理由。

那個房間把窗簾拉開後能看見的，就只有這個——水晶宮殿而已。

怎麼思考都無法獲得結論後，我就暫時把這個謎團擺到一旁去。

接著重新把意識集中在紗霧的房間。

我看到了戴著耳麥，並且正在用手寫板畫圖的紗霧。

……看起來畫得很開心。

看來又是在進行那個實況轉播了吧。

這還是我第一次看到，她這麼活潑愉快的表情。

當自己一個人在房間裡頭時，紗霧是像這樣在生活的啊。

「…………呵。」

我很自然地流露出溫和的笑容。

妖精問我：「如何？水晶宮殿外的風景？很不錯對吧？」

這傢伙一定沒想到，自己在尋找的情色漫畫老師，就在咫尺之間畫著圖吧……我回了她「的

確很棒」這句真心話之後，就離開了陽台。

我重新觀察妖精的工作室。雖然相當寬廣……可是……

「怎麼好像到處都是紙箱啊。」

「本小姐應該說過才剛搬過來不久吧。箱子裡面幾乎都是人物模型之類的周邊商品，還有就是樣品書。」

「周邊商品？樣品書？……有這麼多？」

我家裡的相關物品，送過來的數量用雙手就能拿完啦。

「呵，只要成為動畫化作家，這就是理所當然的啦。」

妖精得意到把嘴唇翹得老高。

這傢伙光是今天就講了幾次「動畫化」啊？

「呵呵，說真的，我根本不需要這麼多周邊——但是角色商品一直不停不停的賣掉，然後不斷的推出新商品，小說也是每次再刷後就會把樣品書送過來。唉唉～～真令人困擾，但本小姐又不能把它們丟掉……真是的，這就是動畫化作家才會有的煩惱呢～～♪」

她用驚人的氣勢開始自吹自擂起來。妖精把之前所裝備的弓箭舉起。

「如果你想要的話，就把喜歡的東西拿回去吧。本小姐推薦你這把愛爾文之弓。」

「真的假的？那把新刊送我，順便請妳簽名！」

這真令人開心，情緒都亢奮起來了。

之前買的簽名書我有夠在意後續劇情發展的。

「哎呀？難道你也是我的僕人書迷嗎？」

「總覺得妳所講的書迷跟我的認知有微妙的差異性，不過，我的確是啦。」

「這種事情你早點說嘛。」

妖精她一臉非常開心的表情。接著好像跟我很熟似地不停拍著我的背。

這心情我很了解。我在簽名會上，也是像這樣的感覺。

「你稍微等等，本小姐現在馬上送你全部著作的簽名書。」

妖精開始搖動著屁股，在紙箱堆裡東翻西找起來。

裝在箱子裡的樣品書數量真是相當驚人……就在這說個滿丟臉的事情吧，我因為嫉妒這種嚇死人的銷售量，所以我絕對不會在妖精新作的發售日去購買。

省略掉細部說明的話，首發銷售量，也就是「新刊發售後第一時間所賣出的本數」對我們作家來說有著相當大的意義存在。這就跟某部漫畫週刊的問卷是相同等級。

所以，要我在發售之後馬上去買對手的書，實在有股抵抗感。

當然會有這種遜砲想法的，我想就只有我自己一個人吧。

「好啦！請收下吧！」

妖精天真無邪的把書遞給我。在書迷面前，平常那股桀驁不馴的態度完全無影無蹤，她就像個年齡相符的小孩子一樣……這真的讓我感到羞愧。

「謝啦。」

……喔喔，也許我現在超級感動。

「憧憬的作家老師，只要有心就能夠見到」這點，也許是這個行業的好處也說不定。會因此而感到羨慕的人應該也不少吧。

可是一旦見面之後，發生跟想像中的不一樣，因此感到幻滅的情況也很有可能發生，所以我實在不推薦去跟自己喜歡的作家見面。

我低頭看著拿到的簽名。

「妳的簽名還真是漂亮。」

「呵呵呵，自從決定要動畫化後本小姐就開始練習。因為接下來會有一大堆的簽名會呢！」

「而且動畫播出之後這些書的價值還會再次提昇吧，能幫我簽些用來賣給朋友的簽名書嗎？」

「你這麼想被本小姐痛扁嗎！」

進入喜歡的作家的工作室，拿到簽名，甚至還鬥嘴打鬧——

這真是非常幸福的情景。到了現在我才注意到這點。

……等等給我等等……現在可不是高興的時候吧？

快想起你自己來這邊是要幹嘛的，你可不是來跟山田老師要簽名的啊。

「對、對了……關於剛才那件事。」

「嗯？」

「就是啊，妳不是說過打算要找出情色漫畫老師的真實身分——之類的話嗎？」

「啊啊，那件事啊。」

「具體上來說妳打算怎麼找呢？其實，我對情色漫畫老師的真實身分也很在意。所以告訴我吧。」

這當然是謊話，但妖精卻乾脆的相信了。

她把筆電的蓋子掀開。

「就用網路來找。」

「網際網路的使用者們，會在網路上留下各式各樣的痕跡。像是在討論區的發文、部落格上的記事，或者是上傳後的插畫……總之就是各種都有。從這些細微的痕跡裡頭追尋，有時候就能夠鎖定到個人情報。」

妖精用筆記型電腦啟動瀏覽器，畫面上顯示出情色漫畫老師的部落格。

「情色漫畫老師有在網路上進行各種活動對吧——我想，大概可以從中鎖定出個人情報才是。」

她還真能若無其事地說出這麼恐怖的話來。

「……妳在鎖定出情色漫畫老師之後，接下來打算怎麼辦呢？」

「本小姐要直接跟他見面對話。然後，讓他閱讀我美妙無比的原稿，並且說服他。請他為本小姐的作品繪製插畫。光是坐著不動等待對方來聯絡，本小姐說什麼都無法忍受。」

雖然做法很強硬，但這種積極的態度，說不定就是我所欠缺的東西呢。

「部落格已經清查完畢囉。」

「喔。所以，有發現什麼嗎？」

「嗯──以目前來說，還沒發現什麼大不了的情報。大概就是他喜歡的漫畫、動畫這些吧──還有雖然有把插畫上傳到部落格，但卻從來不上傳照片。天氣的話題也完全不提及。明明是個阿宅卻不去參加活動，也沒有任何現實朋友的話題。對了，似乎有一名家人在。但是雙親卻……沒有一起居住？這是怎麼一回事？……大致上就是諸如此類──也許就是個家裡蹲，或是幾乎不外出的人吧。住址大概就在這附近，跟我們家就在同一區。」

「等等！妳這哪叫『沒發現什麼大不了的情報』啊！這不是幾乎已經快要鎖定了嗎！」

「因為現在講的這些混入很多本小姐的想像，而且不管是住址還是本名都還不清楚。」

或許是這樣沒錯……但光是這樣也已經夠恐怖了。

總覺得不用多久就會真的完全鎖定住。

「那……接下來怎麼辦？」

「調查情色漫畫老師的推特看看。」

妖精持續閱覽情色漫畫老師的推特。我站在她後面，用有如流石兄弟（註：發祥於日本2ch的AA圖角色）的弟弟般的姿勢膽顫心驚地看著。最後，妖精呼地吐口氣。

「完全不行，這個人幾乎都沒在使用推特。」

幸好情色漫畫老師只有在自己要轉播影片，或是在部落格介紹插畫時才會使用推特。

「就、就是說啊。」

我偷偷鬆了一口氣。無論如何，唯有妖精絕對得避免紗霧的真實身分被她知道。就算撇開勝負也一樣。

因為毫無疑問地，絕對不會有好事。

「好、好啦，已經要放棄了嗎？」

「怎麼可能。接下來——說的也是，就來看看情色漫畫老師轉播的影片吧。剛好他正在進行實況轉播。」

「……咦？」

不妙。

「怎麼了嗎？」

「沒、沒事……我覺得啊，今天要不要就別看影片轉播了？」

「為什麼？」

「那、那是因為……」

心臟急速跳動。我無意識的往窗戶的另一頭——也就是紗霧的房間看去。

在那邊，可以看到紗霧依然天真無邪地在轉播影片的身影。

而且，雖然不知道她在講些什麼，但她手上還拿著手寫板，在床上開心地跳來跳去。完全無法感受到她擁有智能，簡直就像個笨笨的幼稚園小朋友。

那是什麼可愛的生物啊，光是這樣看著我就想笑了。

如果她知道被我看見這一幕，會有什麼樣的表情呢……？

雖然是個令人想要發出微笑的情景，但現在不是想那些的時候。

「呃……唔唔……」

我很自然的洩漏出呻吟。

情色漫畫老師本人，明明就在旁邊進行影片轉播。

而我現在卻在這裡，跟妖精一起收看妹妹的影片嗎？

不管怎麼想都糟透了，糟糕透頂了——也許是因為我產生動搖，判斷力也遲鈍了吧。在我身邊的妖精，就這樣詢問我——

「你從剛才開始就在看哪邊啊？」

「啊！」

我大吃一驚！全身也因此激烈顫抖。

「沒、沒有啊？」

面對我硬拗的說詞，妖精很理所當然地無視，接著她順著我的視線方向看去。

「隔壁——不就你家？啊，喔喔——那個女孩子。」

妖精看到紗霧的樣子了。

一秒、兩秒、三秒…………我應該要說些什麼才行，但腦袋裡卻浮現不出任何詞句。

在這段時間，妖精也正對我妹妹那像笨蛋一樣興高采烈的身影……用若有所思的眼神緊緊盯著看。我的額頭流下冷汗，筆電上的畫面，已經顯示出情色漫畫老師在實況轉播的繪圖畫面。再這樣下去，只要靈光一閃，妹妹的真實身分搞不好就會曝光了。

就像過去我發現妹妹真實身分的時候一樣。

糟糕……糟糕……糟糕糟糕糟糕糟糕——

「噗。」

咦？我轉頭看著聲音來源。

在陷入僵硬的我面前，妖精好像覺得很有趣似的開口大笑。

「噗噗……哈哈哈，那是什麼。你妹妹，真的太好笑了……呵呵呵。」

「…………」

奇怪？怎麼跟預期的發展不同。我偷偷瞄向筆電。

畫面上，情色漫畫老師正發出「嗚咻！」或是「嘎啊！」之類的怪聲，並同時畫著色色的插畫。雖然畫面沒有拍到本人的樣子，但筆型的游標就像是反映出她的感情似的，正在畫面上自由自在地來回跳動。

另一方面，講到現實中的紗霧，她正用充滿活力的動作揮舞手寫板，那頭美麗的銀髮也被甩得相當凌亂。雖然這不像在形容畫圖時的情況，但我也沒有其他形容詞可以比喻了。

妖精沒注意到畫面上的情況，只用顫抖的手指著紗霧說：

「你妹妹有在畫圖嗎？」

「有啊。」

我這麼回答。但我明明想要隱藏妹妹是插畫家。

為什麼會這麼回答，我自己也不清楚。

「她總是那副德行嗎？」

「這我也是第一次看到。」

「她喜歡畫畫嗎？」

「似乎是。」

「她好興奮喔。」

「是啊。」

「看起來真開心。」

「是啊。」

真是的。為什麼她會感到那麼開心呢？我實在沒辦法理解。

不過這真是幸福的情景。只有這點，是我確實能夠明白的事情。

妖精依然從喉嚨中發出呵呵的笑聲。

但表情跟至今所看過的種類都不同，是非常溫和的笑容。

「像那樣子真好。」

「對吧。」

「總覺得能夠理解呢。」

「是這樣嗎？」

連我都完全無法理解了，妳卻能夠理解嗎？

「本小姐很清楚。」

帶著充滿自信的語氣，她這麼說了。

「就是要那麼開心才行呢。」

這真是模擬兩可的對話。她很清楚，我卻完全無法理解。

在我把疑問說出口之前，妖精帶著確信的語氣如此斷言。

「她一定能畫出很棒的畫來。」

「…………」

「而且是如果沒有情色漫畫老師，會讓本小姐想跟她一起工作的水準。」

「是嗎？」

雖然她就是本人。而且妖精明明沒看過紗霧畫的圖，卻能夠這麼說。

有那麼一瞬間，我甚至想要把一切都告訴她。

但我用力搖搖頭，打斷這個想法。取而代之的是對她這麼說：

「呃，山田老師？」

「啥？你這是什麼令人感到不舒服的叫法——叫本小姐妖精就好啦。」

「那就，妖精。」

我第一次叫她的名字。

「是，什麼事？」

「謝啦。」

「……謝本小姐什麼啊？」

「妳剛才說的這些，我很高興。」

「欸，我說你這人啊，真的是個小說家嗎？怎麼說話這麼辭不達意。」

「寫小說跟說話是不同的啊。」

這是蘊含我深切實際體驗的一句話。

妖精似乎也感同身受，於是帶著自嘲語氣自言自語地說著：「……也許真的是這樣。」

「妳這個人，也許是個比我想像中還要溫柔的人呢。」

「你說這話什麼意思？反過來說，到剛才為止你都覺得本小姐是怎麼樣的人啊？」

垃圾。

但這我是不會說出口的。取而代之，我提出不同的話題。

「關於情色漫畫老師這件事。就請她閱讀我們兩人的新作來決定勝負，妳覺得如何？」

「咦？」

「我會盡可能想辦法，拜託她閱讀妳的原稿。所以，已經不需要再繼續鎖定情色漫畫老師的個人情報了。」

「真的嗎？可以嗎？」

「交給我吧，我跟妳保證。」

我如此斷言。

妖精站起身，移動到我面前。

她挺起身體把臉靠過來……靠近到像是要近距離窺探我的臉龐後。

「你這樣子沒有勝算喔！情色漫畫老師他會被我搶走耶？」

「不試試看怎麼會知道呢？而且我不會讓情色漫畫老師被妳搶走的。」

我看著對方的眼睛，以低沉的聲音宣誓。

「我應該說過，這是要一決勝負吧。」

「…………是嗎？」

妖精從我的視線中把眼睛移開，低下頭。

我們之間，暫時度過一段沉默的時間。

接著到底經過多久呢……

「……那個……」

終於，妖精小聲地開口：

「……你為什麼會變成我的書迷呢？」

「怎麼突然問我這個，不講不行嗎？」

「不行，告訴我。」

她抬起頭，挺起身子，在無比接近的距離用如同要進行挑戰的眼神盯著我。

「…………」

如果是在喜愛作家的簽名會上被這麼問，一定會感到困擾吧。

該怎麼回答才好呢。在這氣氛下也沒辦法隨便敷衍……唔唔。

經過令人感到煩躁的漫長思考後，我開口回答：

「……就在第一次讀了妳作品的時候。」

「嗯、嗯？」

「雖然那是一段完全不哀傷，非常引人發笑的劇情，但我卻看到流淚。」

不管漫畫、小說，或者動畫也好，真正有趣的戀愛喜劇，大概就是像這樣的作品也說不定。

「於是，我就成為妳的書迷了。」

「這、這樣啊。」

妖精紅著臉，低下頭來。

我們之間，又度過一段無言的時間。

……這是什麼情況，簡直就像是告白的場景嘛。總覺得，真令人感到害躁。

即使如此，既然是已經說出口的話，就還是慢慢說到最後吧。

「那個時期，我遭遇到非常……難過的事情。我完全不知道該怎麼辦才好，每天只能消沉度日。當我覺得人生已經不會再更坎坷的時候，結果之後又再次發生悲慘的事，讓我被徹底打垮……但是，讀了妳那跟白痴沒兩樣的故事，大笑又大哭一場之後，就變得比較輕鬆了。」

「是嗎……喂，你根本不是在稱讚本小姐吧！」

「我當然是在稱讚妳啊。明明每次劇情都沒什麼太大進展，可是竟然還能夠寫出那麼有趣的文章。」

「你完全沒有在稱讚！你絕對是把本小姐當成笨蛋看待對吧！」

「我真的沒有啦。」

面對這揮著小拳打來的小女孩，我只伸出單手就擋下她。

「為什麼這樣講會不能理解呢？雖然也許妳不會相信。那時候，我真的覺得小說可以拯救一個人。在這個時候對妳說可能也很奇怪，但真的很感謝妳。」

「感、感謝你的讚美。還有不用客氣啦。」

妖精像是要隱藏自己的害羞，把雙手交叉在胸前並且轉向另一邊。

「但是，就算是本小姐，現在也還沒辦法讓所有讀者都感動喔。」

那是當然的。不過會加上「現在也還沒辦法」這句話，也很有這傢伙的風格。

「不過，因為本小姐是天才嘛～每當新作發售時，想必就會有十萬人左右讀到感動落淚吧。」

停個一拍，從高傲的她口中所說出的話，顯得十分真摯。

「就算是你的作品，也應該至少有過一次，或者是拯救過一個人吧？」

我睜大眼睛，接下來笑著這麼回答：

「如果是這樣就太好了。」

這時浮現在我腦海中的，是那位第一次寄給我感想，連長相都不知道的人。

妹妹的笑聲，透過筆記型電腦的喇叭，高亢地迴響著。

情 ero manga sensei 色漫畫老師
第四章

在那之後經過大約半個月，現在已經進入五月了。

煩惱不斷被退稿的我，最近不時就會跑去妖精這個大敵的工作室。

理由有三個。

首先第一個理由是暢銷作家的工作情況，也許能夠當成撰寫新作時的參考。

再來還有探查敵情這個理由。

然後最重要的理由，就是這位住在隔壁的暢銷作家大人，我真的非常非常地在意她。

當然這完全不是喜歡或討厭之類的問題。

真的不是這種問題……

山田妖精的工作情況，已經完全超乎我的想像了。

「妳、這、傢、伙、啊～～～～～～～～～～～」

在妖精的工作室裡，我的怒吼今天也響徹室內。

「妳也差不多該工作了吧！」

「咦──本小姐沒幹勁啦──」

妖精躺在剛買來的沙發上滾動，並且發出有氣無力的聲音。

今天放學之後，我也來到妖精她家──水晶宮殿探訪。

結果呢，就看到她這副德行。這位暢銷作家大人，完全沒在工作。

我連一次都沒有看她打開過Word軟體。

實在是太懶散了。她該不會忘記這裡就有個書迷在旁邊吧。

我可是超期待這傢伙下一本新刊的耶。讓我無比憧憬，有如天上人的作家老師，竟然在我眼前展現出這種慘狀，說什麼我也不能放著不管啊。

「沒幹勁沒幹勁，妳每天都只會說這些而已。我來這邊除了看妳講大話、玩遊戲跟懶散地躺著以外沒看過別的。這樣子妳的原稿真的能趕在截稿日之前完成嗎？」

「誰知道呢？」

「最好是妳跟我說誰知道！已經決定要動畫化的系列作新刊，還有要跟我一決勝負用的新作品，妳都得要進行才可以吧？這兩邊都是月底就要截稿對吧？時間上差不多也都很危險了不是嗎？」

「雖然責任編輯這麼說，但本小姐從來沒說過月底之前就會寫完～～本小姐也不記得有許可過那種進度安排～～再說啊，本小姐根本連一個字都沒寫～～照這樣下去會不會來不及寫完啊～～」

玩著掌上型主機發出嗶嗶按鍵聲的同時，她就像在敘說別人的事情似的說著。

接著她不正經的笑著說：

「嘿嘿嘿，不過沒問題沒問題～～♪說給作家聽的截稿日不過就是個大概的日期而已。還可以再拖再延啦。而且……而且喔，說起來像本小姐這樣的天才，為什麼會需要截稿日這種毫無風情可言的束縛呢？——不！絕對不需要！正因為本小姐的心靈無拘無束，所以才能夠揮舞創造的羽翼展翅高飛啊……」

「妳是白痴嗎？」

……太、太奇怪了。之前我竟然還覺得她是個很帥氣的人……

她果然只是個垃圾啊。那份感動，難道只是我一時鬼迷心竅嗎？

為什麼月底就有兩部作品要截稿了，這傢伙還能心平氣和的傻笑著玩遊戲呢？實在令人無法相信。不要再一直玩魔物獵人了啦。

「喂喂，山田老師啊……妳不是要打算創造出究極的輕小說嗎？」

「本小姐會創造出來的，絕對。為此，現在必須充填魔力才行。這是為了創出傑作，而在養精蓄銳。請你不要再多管閒事。」

每次都是這副德行，只有藉口會這樣無限湧現出來。這傢伙的責任編輯，想必也是十分辛苦吧。

「不要管那些了，征宗，來跟本小姐協力共鬥吧。還有一台掌上主機可以用。」

「我才不玩。」

「那就幫忙泡個茶來吧，你還真不機靈。」

「妳這傢伙以為自己是誰啊！」

就算我這樣怒吼，趴著的妖精，眼睛也完全沒有從遊戲畫面上移開。

「吵死人了。你這樣子也算是我的僕人書迷嗎？」

「我的確是妳的書迷，但可不是妳的僕人。」

「就算是這樣，照顧一個獨居美少女的生活起居，也是動漫裡約定成俗的標準了吧。你連這點程度的出息都沒有嗎？」

「這種事情去拜託《TIGERxDRAGON!》的竜兒。現實之中怎麼可能會有那種好人。更何況——」

我環視妖精的工作室。

堆積如山的紙箱已經移到別的場所，空間變得相當清爽。不管地板、家具或是稍微增加的工作用器材，都被擦得亮晶晶的，就算是書中的竜兒來到這裡，也沒什麼能幫上忙的地方。

「——妳也不是能當逢坂大河的料吧。平常明明就那麼懶散，為什麼房間卻整理得這麼乾淨啊？難道打掃是妳的興趣嗎？」

「算是吧。而且如果房間很髒亂的話，有人來時不就會很丟臉嗎？」

「嗯嗯。」

這是為了我才打掃並且等我過來，是這麼一回事……嗎？

從第一次進入這裡的那天開始，感覺就很奇妙的受到歡迎。不知不覺間，她對我的稱呼也變得好像很熟識一樣。

是因為我每次都好好聽完她那又臭又長的炫耀文嗎？完全搞不懂。

「話說回來……」

重新仔細觀察，這裡看起就像才剛打掃完一樣。我上的高中就在這附近，而今天是放學後就直接馬上回家……

妖精從自己上的國中回家以後，到我過來為止，有打掃的時間嗎？因為很在意，所以我就直接試著詢問本人。

「說起來，妳是念哪所國中的？說不定是跟我妹妹同一間學校？」

「本小姐才沒去上學。」

「什麼？」

「當然不可能去上學吧，本小姐怎麼可能去學校那種地方。」

妖精沒把臉轉向我，而是在沙發上從趴著轉為躺著這麼說。

沒想到這傢伙也是不去學校型的女孩子。不，等等，這也就是說。

「……小學畢業？」

「小……不要說本小姐小學畢業！」

也許是被言語形成的利刃戳中，妖精停止玩遊戲，瞬間跳起身來。從輕飄飄的迷你裙中，露出白皙的美腿。每天更換的蘿莉塔服裝，今天顯得相當清涼。

「你、你你你、你這個人！……什麼不好說偏偏要說這個，竟敢這樣對本小姐胡說八道！

誰、誰誰誰、誰是小學畢業啊！」

「妳啊，就是妳。因為妳也沒去上國中吧？這樣子總有一天妳會變成只有小學畢業學歷的人喔。」

「……唔唔。」

「哎呀哎呀，山田老師啊，只有小學畢業很糟糕耶！我雖然不清楚其他職業是如何，但作家只有小學畢業真的很糟糕喔！」

「是、是嗎？」

「正是如此！作家就像是ＦＦ５的『平民』這種職業啊。這可是能使用所有職業技能的最強低賤職業耶！」

「喂，最後一句是多餘的吧！」

雖然妖精出言抗議，但我不理會她繼續說：

「只有小學畢業真的是太浪費了！能夠成為國中生的時間，在人生中可只有現在而已耶！快去吧！去學校！不管哪所國中都可以！」

「你一直講小學畢業小學畢業的吵死了！根本沒有去上學的必要！本小姐可是最佳暢銷作家耶！」

「！這、這麼說來……」

我驚愕的瞪大眼睛。

「我、我我我、我一直以來，都慘敗在小學畢業生手上嗎……？」

怎麼會有這種事……這種事情……

衝擊遠比想像中來得大，這實在不是可以一個人承受的事實。

我必須把這件事也分享給各位早稻田或東大畢業的高學歷作家們知道才行……

「喂，這位高～中～生同學，大學要找間知名點的去念喔。」或是「沒什麼社會經驗的作家，水準實在是不怎麼樣呢～～」像這樣囉里囉唆的前輩們，請務必告訴我，被這小學畢業生用無雙般的實力壓過去的心情如何？我真的很想對他們這樣說。很不甘心吧。

「你那什麼邪惡的表情啊？」妖精突然插嘴說著：

「再說啊——說本小姐是小學畢業的話，你妹妹也一樣是小學畢業而已吧。」

「……我有跟妳提過妹妹的事情嗎？」

「不用說本小姐也知道她跟我是同類。那女孩，就連平常白天也都待在房間裡啊。」

「是、是這樣啊……」

紗霧這笨蛋！就說窗簾要好好關上了吧！

她這人，明明是個家裡蹲卻還把陽台的窗簾打開，到底是怎麼回事？

靠道路這邊的窗簾跟窗戶卻打死也不開……

可是……唔唔。

紗霧的家裡蹲身分，雖然被妖精給發現了。不過，似乎還沒有注意到紗霧跟情色漫畫老師就是同一人的樣子。

「想多管閒事的話，不要對本小姐，去管管你妹妹如何？」

「她那樣子就很好了，長得可愛又很努力。妳就不行了，既不可愛又沒有好好努力。」

「咦？本小姐才比較可愛吧。」

「怎麼可能。」

就連放一起比較都覺得很蠢。

「唔……！而、而且那女孩，只是拚命的畫圖而已不是嗎！不管怎麼想，在職業級世界裡以無雙級實力橫掃一切的本小姐才比較努力吧！」

這倒也不是如此……不過我是不會說出實情的。

「總而言之。」我回到主題上，「妳快給我工作吧。」

「所以說～本小姐不是說過沒有幹勁了嗎？你都不聽別人說話嗎？」

「這跟幹勁無關吧。工作本來就是每天都要做的事情。」

「咦？」

「你、你這人……你這個人……難、難道說……這是騙人的吧……？你、你你、你總是……用這種方式來工作嗎？」

妖精發出無比震驚的聲音。並用像是目擊幽靈出沒的表情顫抖著。

「當、當然的吧。我經常被退稿，如果不每天多寫一些的話是不——」

「沒有幹勁的話就不要撰寫原稿啊啊啊啊啊啊啊啊啊啊啊啊啊！」

啪！妖精使出全力賞了我一記巴掌。

「？？？」

我當然是完全搞不懂為何會被甩巴掌。

我按著疼痛的臉頰，陷入疑惑之中。

「愚蠢……你這個傢伙……要愚蠢到什麼地步才甘心！本小姐完全懂了……謎團已經解開了……！就是因為那種做法，所以你寫的小說才會那麼無聊！」

「妳、妳說什麼……？」

「沒幹勁時所寫出來的文章怎麼可能會讓人覺得有趣啊！為什麼連這點道理都搞不懂！你是白痴嗎？」

山田老師徹底進入激怒狀態。看來她似乎對我所說的話感到非常不爽。

「即、即使稍微缺乏點幹勁也要寫出有趣的文章，不就是我們的工作嗎？」

「就說不是這樣了，你這個白痴！比起在『沒有幹勁時寫出有趣的文章』，在幹勁ＭＡＸ燃燒時所寫的文章，才是絕對會讓人感到有趣的吧！」

「這、這的確……的確可能是這樣沒錯。」

「既然如此！那除了幹勁ＭＡＸ燃燒的時候以外，死都不要去撰寫原稿！不然，就沒辦法完成超越自己實力以上的作品！寫起來也一點都不快樂！而且，而且啊……總覺得會有種自己在偷工減料的心情！」

「………………」

這傢伙所講的道理……我也不是不懂。雖然不是不懂……

「所以說……妳一直以來，都是用這種方式在工作的嗎？」

真虧妳還能撐到現在——雖然我是抱持這個意思詢問她，但她的回答卻是完全在我意料之外。

「？本小姐從來沒有工作過啊。」

「啥？不對吧，妳可是暢銷作家大人耶？」

「本小姐當然是啊。但是，這只是興趣而已。」

「什……麼？」

妖精從沙發上站起來，慢慢往桌子方向走去。

筆記型電腦——她用手指撫摸著自己的工作器具，接著說：

「本小姐只是把職業作家當成興趣而已。」

「………」

這一時間讓我說不出話來。累計銷售數量遠超出我十倍數字的大小說家大人……剛才，說了什麼？……聽起來，像是說只是興趣？

「再講得更簡單易懂點，這就只是個消遣罷了。雖然透過文辭的修飾也可以說這是工作，但對本小姐來說卻從來沒有改變，寫小說就只是消遣。是這個世界上最為刺激有趣，是這人生裡最讓人為之沉迷的遊戲。」

不知為何，我的腦中浮現出一邊舞動一邊畫圖的紗霧身影。

「既然你跟本小姐玩著相同的遊戲，那就不允許你隨便放水敷衍。可別做出什麼無聊的舉動來喔。」

這傢伙……這個……該怎麼形容……總覺得，讓人莫名其妙地火大。

這是種很沉靜，但卻讓人氣憤難耐的的感覺。

至今我都是賭上最重要的夥伴來跟她一決勝負，光是這樣就能充分燃起我的鬥志了。

但是……沒想到能讓我獲得更加燃燒的理由。

太厲害了。不愧是暢銷作家大人的工作室。不愧是用動畫化收入買下的房子。

有來這裡探訪真是太棒了，讓我有許多珍貴的體驗收穫。要笑說我這是醜陋的嫉妒就笑吧。

「好樣的，妳這隻混帳死妖精。我一定要贏給妳看。」

我朝宿敵宣言。

「我可是把寫作當成工作看待，怎麼可以輸給把寫作當成消遣的傢伙。」

「把寫作當成消遣的本小姐，怎麼可能會輸給把寫作當成工作的傢伙？」

只有這傢伙，我絕對不想輸給她。

絕對要獲勝！

就這樣，我和妖精這次終於完全成為敵對狀態。

應該是這樣才對——……就在隔天晚上。

嗶嗶嗶嗶嗶！

「您好，我是和泉。」

『是本小姐啦！你今天怎麼沒有過來？』

她馬上就很親暱地打電話給我這個應該已經徹底敵對的對手。

正在房間苦惱於工作無法順利進展的我，用盡全力皺起眉頭。

但即使如此我還是勉強回答她。

「沒有啦，我忙著（為了把妳解決掉的）工作……而且還得去上學。」

『嗯嗯，是這樣啊。所以，你明天當然會過來對吧？』

「什麼叫當然啊？當然是不會去啦，不管是明天還是後天。」

『咦……為、為什麼？』

電話裡傳來妖精困惑不已的聲音……這傢伙……居然還問為什麼……

「……妳不懂嗎？」

『就、就是不懂啊。告訴本小姐……難、難道說……是因為本小姐做了什麼嗎？』

……看來這傢伙不是來酸我的，而是真的不知道啊。她竟然會發出如此不安的聲音。

「不……就是啊，我們應該是敵人吧。」

所以當然不可能去敵人家啊——正當我打算這麼說時，

『嗯？不是吧。』

「啊？」

『咦？』

？？？就像這樣，我們隔著電話冒出無數的問號。

『你當然不是本小姐的敵人啊。』

「不不，不對吧，我們是敵人吧。原本就是賭上情色漫畫老師要一決勝負的敵對關係了——之後雖然是有變得比較熟沒錯，但昨天又因為彼此對於工作的態度不同而引發爭論，於是就再次分道揚鑣了不是嗎？」

我說到這種地步，妖精似乎才終於想到今天我沒去她家的理由。

『啊啊，喔，是因為那樣啊。這種事情你不用太在意也沒關係嘛。反正都是本小姐會贏。』

「？會……！」

竟……敢給我講得那麼簡單～～～～～～～～～～～～！

啊啊是這樣啊。終於知道我們之間的對話總是答非所問的理由了。這傢伙根本沒有把我當成敵人看待。因為是贏了也理所當然的對手，所以也不認為我們之間是在一決勝負。

所以才會向敵對關係的我，那麼自然地講出「你今天怎麼沒有過來？」」這種台詞。

「就是妳的這種地方真的會讓人很火大。我絕對要讓妳輸到哭出來。」

『你就好好加油吧，本小姐會支持你的。好啦，言歸正傳——所以你明天會過來對吧？』

「我說啊。為什麼山田老師妳啊，要這麼執著於把我叫去家裡呢？」

『？你、你、你你、你在說什麼蠢話！你是白痴嗎！本小姐才沒有那麼想把你這種人叫來家裡玩！』

「好啦好啦，這種像是傲嬌角色般的範本演技就不用展現給我看了。」

『！……就是你的這種地方真的讓人很火大。總有一天本小姐會讓你哭著求饒，你就好好期待吧。』

「加油吧，我會支持妳的。還有啊……因為不停被退稿而陷入寫作地獄，現在正忙得跟狗沒兩樣的我，到底有什麼理由非得特地跑到敵人家裡去呢？」

「…………………」

一股沮喪的氣息透過電話傳過來。

……我是不是說的太過火了。雖說是敵人……但真不該對年紀比自己小的女孩這樣說。

正當我打算開口道歉時，妖精已經開始回答我。

『……你之前，有說過想要看看本小姐工作時的情況對吧？說是想要當作參考——總之就是這類的話。』

「……嗯。」

在我跟妖精分道揚鑣前，有說過這種話嗎？

不過很不巧的，這傢伙完全不肯工作，所以也就沒有任何能夠參考的地方……

妖精這麼說了。

『本小姐……明天就會開始工作。方便的話，就來看一下吧。』

隔天的放學後，我帶著奇特的表情，站在水晶宮殿的門口。

那個妖精在這半個月來，連一次都沒有在我面前提筆工作過的暢銷作家大人，今天，終於要開始工作了。這讓我想不緊張都難，光是像這樣站在門口，就讓我冷汗直流。

「……咕嘟。」

不過，也對，畢竟是小說家，工作也是理所當然的。

真是奇怪……說不定我已經稍微被那傢伙給影響了。

叮咚。當我按下電鈴，馬上就聽到她的聲音。

她用非常嚴肅的聲音——

『汝等，示出證明。』

「沉默吧，願聖光降臨。」

『進入吧……聖域已經開啟。』

切掉對講機後，門口的大門就稍微打開。當然這不是因為什麼不可思議的力量而開啟的，而是在屋內的妖精按下開關而已。

……如果不進行這種鬧劇，就沒辦法進去屋內這點實在很令人困擾。不過如果可以靠這點手續，就把我家那「不敞開的房間」打開的話，不管幾次我都肯做。

我感到臉上一陣躁熱地走到大門前，就像是為了把剛才那段好像很神聖的交談消滅一樣，我用盡全力打開大門。

接著，穿著白色圍裙的妖精出現了。

「你來啦！本小姐等你好久了！」

「……妳這身打扮是怎麼回事？」

我張大眼睛瞪著她詢問。

「今天……不是要讓我看看……妳工作時的樣子嗎？」

我是這麼想著才跑來，但出現在眼前的，卻是山田妖精大師穿著充滿華麗荷葉邊圍裙的樣子。我會如此震驚也是沒辦法的事情。

我一時間還以為自己走錯，跑進女僕咖啡廳了。

妖精則拍拍圍裙說著：

「就如你所見，本小姐正努力的工作中！」

「妳的工作，應該是小說家沒錯吧？」

應該不是女僕才對啊？

「什麼？為何要問這種明知故問的問題……？」

「就是這一瞬間讓我什麼都搞不懂了，所以我才要問啊。小說家的工作，為什麼會需要穿上圍裙呢？」

「穿上圍裙後能做的事情，除了料理以外就沒別的了吧？來，跟本小姐走。」

？？？她、她到底……在說些什麼？

我在疑問完全沒有獲得解答的情況下，被妖精帶往客廳。

「你隨便找地方坐吧。」就在她向我說著跟平常沒兩樣的台詞時，電鈴傳來叮咚的響聲。妖精拿起在客廳入口的電鈴通話器。

「汝等，示出證明…………進入吧……聖域已經開啟。」

喀嚓。結束通話的妖精看著我說：

「是黑貓宅急便。」

「妳這傢伙！連快遞業者妳都要他們搞這一套啊！」

「這是當然的吧，不然幹嘛要弄這種暗號。把所有按電鈴的人都當成是來拿原稿的敵人看待實在不太好，這不就是你對本小姐說的嗎？」

「雖然的確是我說的沒錯……」

每當送東西過來就得要陪她搞這種鬧劇的快遞業者，真的讓我覺得很可憐。

「本小姐去一下玄關。不好意思，你也一起過來。大概是那個送來了。」

「是是是。雖然不知道到底是要幹嘛，但我就奉陪到底吧。」

要說這穿著圍裙的妖精在玄關所收到的貨物是什麼。

「……是食材啊。」

「沒錯，本小姐都是用網路超市買東西。」

簡單說就是利用網路訂購，不管是食材或是其他東西都能直接送到家裡的服務。

雖然也許真的很方便，但因為價格偏高，所以我從來沒有用過。

「來吧，你拿那邊。」

「好好好。」

我們兩人一起把食材搬到廚房，放進冰箱裡頭。總覺得，已經完全變成是要煮飯作菜的氣氛了。

我明明是要來看她工作情況的啊。

「……妳好像想要煮什麼，要我幫忙嗎？」

「不，今天要進行的不是那種情節，所以本小姐要一個人做。你就在客廳等吧。」

我依然無法理解這傢伙的意圖。而且什麼叫做要的不是那種情節啊？

「從材料來看，好像得要花上不少時間……我可以先回家一趟嗎？想要先工作一下。」

「不行。想要工作的話就在這邊寫，可以吧？」

看來不管怎麼掙扎她都不打算讓我逃跑。

……這傢伙……到底在想些什麼啊？

雖然搞不懂妖精的想法，但既然可以在這裡工作的話，那就沒有逃出去的必要了。

我移動到妖精的工作室，把ＵＳＢ隨身碟插入後開始列印原稿。因為之前也跟她借用過好幾次，所以我已經知道印表機的使用方法了。

妖精用的是很高級的業務用雷射印表機，性能可說超級好。我的房間沒有這種機器，有需要的時候就會在學校的職員室或是網咖列印，所以我總是很羨慕她。

當我眺望著用安靜的聲音，輕快地吐出紙張的印表機時。

「奇怪？」

它突然停止運作，看來似乎是影印紙用完了。

「喂～～印表機的紙是放在哪邊？」

我走出房間，對著樓下呼喊。接著，穿著圍裙的妖精快步跑了上來。

「影印紙用完了？騙人的吧？從上次補充之後，本小姐就完全沒有列印過耶？而且又完全沒在工作。」

「…………………」

我若無其事的，把視線從妖精身上移開。

「你這人！是拿別人家的印表機來大量列印了吧！」

理所當然地，我的罪行馬上就曝光了。我對妖精鞠躬請求原諒。

「不好意思，真的很抱歉。因為總覺得很浪費錢所以我自己就沒有買印表機……可是有個馬上就能借用的地方，果然很方便呢。」

「所以你才會每次跑來我家，就說要跟本小姐借用印表機啊——你自己去買一台啦！哇！房間裡庫存的A４影印紙真的全部用光了！你真的只有用來列印原稿嗎？騙人的吧？這半個月來你到底寫了多少啊？」

問我到底寫了多少啊……嗯，我算算。

「一個禮拜內，我寫了兩部三百頁左右的作品送過去……所以半個月的話，大概是一千兩百頁左右吧。」

「一千……！」

妖精的表情就跟看到老鼠的貓型機器人沒兩樣。

「一千兩百？你剛剛說一千兩百頁嗎？」

「是、是啊，我是這麼說的。」

另外，因為一張紙我用正反面印刷了兩頁，所以消耗掉的A４用紙是這個的一半。也就是大約印刷了六百張左右……就是這個量。

「……不要那麼生氣嘛，墨水錢跟紙錢我會付給妳的。」

「本小姐不是生氣那個！不是那個問題……你一個禮拜寫了兩部三百頁的作品？也就是文庫本兩本的份量對吧——如果這是真的話，就是那個吧？一個月就……呃，可以寫出幾本來著？」

「八本。」

「對！就是八本對吧？兩千……又幾百頁嘛！也就是說……也就是說……雖然只是假設……如果所寫的作品全部發售的話……」

「一年內不就可以發售**八十八本書**了嗎！」

「不是九十六本才對嗎？」

妳的加減乘除很奇怪喔。這個暢銷作家這樣子真的沒問題嗎？

「…………」

妖精沉默不語。

她的臉頰立刻變得通紅，但是卻又用像是「這又不是什麼大不了的事」的表情。

「對啦！就是九十六本啦！本小姐只是稍微算錯了而已！」

「…………八乘以十二，是把八連加十二次喔。」

「不要把本小姐當成笨蛋！本、本本本、小姐知道怎麼算乘法啦！不過就這點程度而已！」

妖精憤慨的表情，有如水煮章魚般火紅。

在別人面前徹底算錯了小學等級的問題，這的確是非常慘烈的奇恥大辱。

先不論去不去學校這個問題……如果不好好用功學習，就算是暢銷作家也不會被允許發生這種情況，妖精已經用自己的例子證明了這件事。

「總、總而言之，本小姐驚訝的，是你竟然是個一年可以生產出九十六本文庫本份量的超快筆作家這一點！」

「話先說在前頭，實際上，我也不可能一直維持這種速度在寫作。如果禮拜六日休息的話速度就會減半，太過勉強的話也曾經因此而大病一場。」

不管怎麼說，一年九十六本這種事情，終究只是假設而已。

現實上的我，去年一年出七本書就是最高紀錄了（可說是強迫插畫家用超級嚴苛的日程來作畫）。而前年，因為陷入退稿的無間地獄，被其他作家搶去了出版缺額，所以一本書也都沒有推出。

「即使如此也已經是非常超乎規格外的作弊技能了。不過是個累計銷售數量百萬本以下的廢物作家，卻擁有A級技能……像你這種傢伙，本小姐還是第一次見到。」

有一瞬間讓我不知道她在講些什麼鬼，說起來這傢伙之前也曾經沉浸在「當累計銷售量超過百萬之後，就能進化為『大小說家』並且獲得技能」這種妄想之中。

……唔唔……這好像是第一次被競爭對手承認為一名作家，雖然這種感覺還滿不錯的，但卻沒辦法很老實的感到開心。

「這麼說來，身為『大小說家』大人的妳，難道沒有嗎？像是這類的技能？」

當我一時興起陪她開始妄想時，妖精露出開心的笑容。

「本小姐的獨有技能也是非常強大的喔。只不過因為運用上相當困難，所以是高手型能力，但使出時的爆發力，可是凌駕於你的『超快筆（Speed Star）』之上呢。」

「是、是這樣啊。」

但妖精的妄想能力實在太過強大，所以我對於陪她妄想這件事，稍微感到有點後悔。

「總有一天會讓你見識見識的，就在你輸給本小姐的那一刻。」

之後回想起來，我在這個時候就該注意到才對。

妖精那恐怖能力的真實面貌……提示在此時其實已經全部聚齊了。

——如果我是超能力戰鬥故事主角的話，現在大概就是插入這種心境獨白的場景吧。真是的，像個白痴一樣。

好啦，總之就在這番對話過後。我們回到一樓。

妖精開始在廚房烹調料理，我則在客廳拿起原稿（因為Ａ４影印紙都用完了，最後就只能用不同尺寸的影印紙來列印原稿）進行校稿的作業。

不知道經過多久的時間……妖精端著盤子，來到坐在客廳坐墊上的我身邊。

「你能幫我試試這個湯的味道嗎？」

「嗯？喔，好啊。」

我把紅筆跟原稿放到矮桌上，開始試喝這道湯。

雖說是試吃，但這盤子卻挺深的，而且裡頭的料也很漂亮地擺得滿滿。

有洋蔥、碗豆……在盤子中心，有如第一女主角般宣揚自己存在感的，是充滿彈性而不停顫動的半熟蛋。

看來香味四溢並帶有燒烤色澤的高麗菜，就有如少女身上的輕薄外衣。

飄揚的香氣，是法式清湯與培根、奶油的三重奏。

我吞了吞口水。

在外觀跟香氣的兩面夾攻下，我的食慾被徹底刺激出來。

「…………」

我直接用手端起盤子，嗞……地啜飲了一口湯。

嗞嗞……我無言地再喝一口。嗞嗞……接著又喝一口。

接著好像被什麼催促似地，我拿起湯匙開始將少女的外衣一件件剝下。把高麗菜放入嘴裡咀嚼後，甘甜滋味瞬間在口中擴散開來。

「…………」

我無法以言語形容，取而代之的是繼續鎖定下一個獵物。我將湯匙的尖端刺入半熟蛋裡，從中流出的濃稠蛋黃，纏繞在高麗菜上頭，我連同其他的配料一起送入口中。

濃稠……咀嚼……擴散、啜飲……

……唔喔……這、這味道是……

「味道如何？」

「真是太美味了。」

我說出口的是非常單純直接的讚賞。

跟一年前才開始自己煮飯的我比起來，妖精的料理技術，根本就是不同的境界。

「對吧。這一道本小姐將它取名為『春妖精的全裸湯』！這還只是開場熱身而已，其他的料理也敬請期待吧。」

「好！」

老實說，在她餵我喝了「什麼鬼全裸湯」這道超美味，名字又很猥褻的湯品之後，「不是說要給我看她工作的情形嗎？為什麼變成在這吃她親手煮的料理呢？」這個疑問，也早就漸漸變得無關緊要了。

雖然漸漸變得無關緊要，但從我口中卻冒出了別的疑問。

「不管打掃也好料理也好……妳跟我們第一次見面時的形象比起來落差真是太大了……尤其是女子力（註：日本泛稱女孩子在打扮、談吐、家事等能夠展現自己身為女孩子一面的實力）會不會太高了啊？」

料理跟打掃都很拿手，也會彈奏樂器，雖說興趣宅宅的但很活潑開朗，是個各方面看起來都很高人一等的女孩子。

雖然相對地，在人格面上有點問題。這樣看起來簡直就像是輕小說裡的女主角一樣。

對於我的疑問，妖精很直接地這麼回答。

「因為本小姐是職業級的戀愛喜劇作家啊，這不是理所當然的嗎？」

「什、什麼？這是什麼意思？」

「也沒有什麼意思啦。不會料理煮飯的戀愛喜劇作家，根本就不存在嘛。也沒有任何一個戀愛喜劇作家，會不懂得怎麼打掃家裡。因為不管是擅長打掃的女孩子，或者是擅長煮飯做菜的女孩子，都得要在自己的小說裡登場。為了能讓讀者們喜歡上女主角們，為了要把女孩子們描寫得更加可愛，所以總是日復一日不停地思索這些方法與問題。這樣一來，女子力想要不高也很難吧？」

「……是這樣的嗎？」

這麼說來，不管那位前輩還是另外某位前輩，先不管人格怎麼樣，好像都很擅長料理。

「就是這樣子喔。雖然寫推理小說的作家不能真的去殺人，但為了寫戀愛喜劇去學料理可不會因此犯罪，所以當然就會去學了。殺人時的心情雖然只能依靠想像來創作，但是幫在意的對象親手製作料理給他吃時的心情，可是能夠合法體驗到的。不管是作出美味料理時的感動，技術進步時的歡喜，就連失敗時的悔恨，只要是能夠進行體驗的事物，就該體驗過後再寫吧。因為本小姐是個職業級的作家嘛。」

雖然我覺得「戀愛喜劇作家們的女子力全都很高」這個說法，畢竟還是太過牽強。

……不過，這傢伙。

雖然沒有去上學，但還是有好好的在認真學習嘛。

「……妳不是把小說當成消遣在寫的嗎？」

「不管什麼娛樂消遣，不認真全力去玩的話都很無聊吧——在為了讓人吃得津津有味這個理所當然的大前提之下，不愉快的製作料理怎麼行呢。」

在我對面坐下的妖精，把兩手手肘撐在桌上，用雙手手掌托住下巴。

妖精笑容滿面，用有如小說女主角般的微笑問我。

「如何，好吃嗎？」

心臟劇烈的鼓動。我拚死不顯露在表情上回答她。

「超級好吃，我剛剛不是講過了嗎？」

「是嗎？本小姐也超級開心的喔。託你的福……也許本小姐變得比以前更喜歡料理了——謝謝你，真是一趟好採訪。」

「————」

的確，被可愛的女孩子像這樣一講，搞不好真的會喜歡上對方。

因為就算加上了「採訪」這種毫無風情可言的詞彙，我還是相當動搖。

「……採訪嗎？妳所說的『工作』，就是指這個？」

「嗯嗯，是啊。有稍微能讓你作為參考了嗎？」

「很有幫助喔。」

雖然不是直接獲得什麼建議……但感覺卻像是掌握到了些線索。

「把工作當成消遣」的妖精所寫的小說，雖然不甘心但真的很有趣。

有趣到令人感到害怕，同時銷售量也好到亂七八糟。

能夠像她這樣的理由到底是什麼？

跟剛出道時同樣是「把工作當成消遣」的我，有什麼不同呢？

現在我終於了解三年前剛出道時的自己，到底缺少什麼東西了。

就是使出全力的程度。那種不顧一切地拚盡全力要讓讀者開心，可說是身為職業作家的心態。

我覺得這傢伙……說是把工作當成消遣的她，確實擁有這種心態。

說不定，在心態上她比單純將寫作當成工作看待的我還更加強烈。

而且，感覺還有各種附加的事物，隨著時間累積起來。

這一定就是運動漫畫裡頭，主角們所具備的精神吧。

也就是所謂比誰都還要樂在其中所以也就比誰都強，那種意義不明的精神理論。

即使如此，應該還是有深入思考的餘地。雖然這人經常混雜一些妄想，但畢竟不是漫畫的主角，而是有實際成果的人所講的話。

在幹勁MAX燃燒時所寫的文章，才是絕對會讓人感到有趣的吧——

在為了讓人吃得津津有味這個理所當然的大前提之下，不愉快的製作料理怎麼行呢——

本小姐是把作家當成消遣喔——

她對我說的話，在我腦中不停打轉。

勁敵那壓倒性的實績，讓我內心感到一陣挫折。

也就是——也就是說，我該怎麼辦才好？到底該怎麼做才行？

要怎麼樣，我才能寫出比現在更有趣的小說？

不要失去拚盡全力的心態，同時更加愉快地工作就行了嗎？

具體上該怎麼實行？

跟出道作品一發售就突然變成暢銷作家的妖精不同，我已經徹底體會到這工作是很辛苦又沒啥回報了，這樣的我能夠辦到嗎？到現在還是持續被退稿，連什麼時候能夠完成作品都沒辦法確定，漸漸地覺得自己一定贏不過妖精——

著急到腦袋都快要變得不正常的我有可能辦到嗎？

但是，答案一直都在我的身邊。

發現這點，是再過一陣子之後的事了。

然後——

山田妖精老師，今天也沒有開啟Word軟體。

儘管是在誇下那麼帥氣的海口之後也還是一如往常。

……喂喂，如果持續這樣不撰寫原稿的話，最後可是我會不戰而勝喔。

……說真的，她到底想怎麼樣呢……？

就在夕陽西下，四周開始變得昏暗的時候……

我兩手提著裝有餐點的袋子，離開了水晶宮殿。

「……真是一頓美味到令人感到恐懼的晚餐……」

我茫然地自言自語。

「就連給妹妹吃的也收下了。」

雖然如果被拿來跟我的料理比較會很令人難過，但這一定能讓她感到開心吧。

「……搞不好她肚子也很餓了，還是快點拿去給她吧。」

我走進自己家中，慢慢地踏上通往「不敞開的房間」的階梯。

每當我踏出一步，就覺得身體變得更加沉重。

問我為什麼？

因為受到一個完全不工作的動畫化作家大人，在各方面都將我壓倒性超越的影響……

第四章

——**變態**。

再加上自從那個事件以後，妹妹就完全不跟我說話。也再也沒見過面。

雖然就只是回到以前的狀況了而已……

到達二樓，我站在「不敞開的房間」門口，

「嘿啊！」

我甩甩頭，把沉鬱的心情趕跑。

當哥哥的，怎麼能讓妹妹看到消沉的表情呢。

「吸～～吐～～……好。」

我深呼吸一下讓心情保持沉穩，現在就——

嘰咿……

「奇怪？」

——在我出聲敲門前，「不敞開的房間」就先打開房門了。

「…………」

打開房門出現的，當然是我妹妹那穿著睡衣的身影。

不過雖然是這樣……

「………………………………」

紗霧她雖然特地自己打開房門出現在我面前，但卻一句話也不說。

她只是沉默不語，然後持續盯著我看。從那毫無感情的眼神中，讓我感到異常的壓力。

「……紗、紗霧？」

「…………………………………」

就算我先出聲問話，她的反應也沒有改變。

令人尷尬的沉默，持續了一陣子。

正當我快要忍受不住壓力，差不多要哭出來的時候……妹妹終於有動作了。

「…………」

紗霧依舊面無表情，接著勾勾食指，像是叫我過去一樣。

這個手勢是……

「……要我進去嗎？」

「…………」

紗霧不否定也沒有肯定，她用令人直打寒顫的眼神看我一眼後，就轉身走入房間。

「喂，等等！」

感覺如果就這樣默默看著，門似乎就會再度關上，於是我慌慌張張的追上回到自己房間的妹妹身後。

就這樣，我再次達成了不知道是第幾次的「不敞開的房間」侵入任務。

妹妹房間裡的樣子，跟以前她讓我進來時沒什麼改變。

唯一不同的……就只有陽台的窗簾是打開著的這一點。

「我在便條紙上也講過了，不可以把窗簾打開喔。因為隔壁住了個腦筋有問題的人。」

哈啾！不知為何，我腦中浮現出妖精正在打噴嚏的景象。

紗霧站到房間中央後轉過頭來，並且緊咬著下唇。

「…………」

對我來說，雖然是為了打破這個尷尬的狀況而說出這些話，但總覺得從妹妹身上散發出來的壓力反而更加強大了。為、為什麼……？是我選錯話題了嗎……？

可惡……完全不知道該怎麼辦才好。

真是有夠沒出息。明明曾經寫過幾萬頁的書中角色心情，但我就連這個住在一起的妹妹，也沒辦法理解她的心情。不過雖然無法理解，但也不能就這樣坐以待斃。快想想……！

「那個……說到隔壁，這個。」

我把從妖精家裡拿回來的餐點，提起來給她看。

「這是隔壁鄰居分給我的。非常好吃喔，妳也吃吃看吧。」

「…………我不吃。」

當我才想著她終於肯說話了……

「妳說不吃……為什麼？肚子應該已經餓了吧？」

「……………」

紗霧再度一臉不悅地陷入沉默。她絕對不是個經常面無表情的人，反而是個非常容易把感情表現在臉上的人……至於為何會是現在這種情況，這我也沒辦法看出來。

我暫時把東西在房間裡放下，接著緩緩對她說：

「我說……雖然不懂為什麼妳會這麼生氣，但是不說清楚的話，別人是不會懂的喔。」

「…………大騙子。」

「大騙子？妳說誰？」

紗霧像是鬧彆扭般地嘟起嘴唇，指著我的臉。

「……我？」

「……對。」

「我是大騙子……嗎？抱歉，我實在沒印象。我做了什麼事情？可以說明一下嗎？」

我們繼續著這種進展緩慢的交談。

從上次見面之後，她就不跟我說話了，所以我很清楚她是在生我的氣。可是，當她看到鄰居給我的餐點後，為什麼又變得更加憤怒呢？

妹妹的內心真是充滿謎團。

「…………所以說……！」

所以說的後續她沒講出口了。

紗霧——情色漫畫老師。

進行影片轉播時明明是個那麼能言善道的人，為什麼只要像這樣面對面說話，就變得好像完全不會說話了呢？

「唔，嗚嗚……唔嗚～～～～～～～～」

也許是無法好好表達而變得過度煩躁，她緊閉起眼睛開始胡亂揮舞起小小的拳頭。

我雖然也很想好好理解她的心情與想法，但完全有看沒有懂。

「真是！」

紗霧用更加強烈的眼神瞪向我，接著從電腦桌附近拿起手寫板。她彎下身體，咻咻咻唰唰唰地，用超高速揮舞著畫筆。

她將不到十秒就完成的插圖，態度強硬的拿給我看。

「這個！」

「好快！妳畫這個，是什麼？……難道說是在畫我？」

紗霧拿到我面前的，是「我」被畫成二頭身角色的插畫。

從角色嘴巴附近冒出對話框，裡頭寫著『隔壁鄰居？我跟她一點都不要好啊。』這些內容。

「總覺得，這個『我』……真是一臉讓人火大的表情……這個是什麼意思？」

「……！」

紗霧再次唰唰唰地畫起新的插畫，然後推到我面前。

雖然覺得直接用講的絕對會比較快，但我想這傢伙應該是個例外吧。

啪啪！紗霧用力拍著平板的畫面。

「……這個。」

紗霧讓我看的，是個全裸金髮美少女的插畫。

「如何？」

「問我如何……」

是指看了這張插畫後的感想？那當然是……

「有夠色好痛！不要隨便用平板的邊角敲人好嗎！」

「笨、笨蛋！不是這種心得！其他……其他……！」

還有其他該說的事情吧？她應該是想這樣講吧。

「其他啊……」

看到這個超情色金髮美少女的裸體，有沒有其他想講的事情……嗎……

「……嗯姆……雖然也不是完全沒有，但應該跟這沒有關聯吧……」

「…………說說看。」

呃，我覺得真的沒有關聯喔——看來這個氣氛下也沒辦法這麼說，在這情況下，我只能無奈的把心裡想到事情直接說出來。

「有件事我一直都很在意，就是妳為什麼，都只會畫平胸的女孩子呢？」

「……！」

紗霧馬上滿臉通紅，身體也向後一仰。

紗霧原本對我發怒的氣勢，以顯而易見的速度在消退。

「那、那是因為……！」

「就算我提出把女主角的胸部畫大點的請求，妳也無視了對吧？」

「沒、沒有這回事……我很努力的畫大了，一點點。」

「那根本是不仔細看就沒辦法發現的等級吧。」

出道當時，在我全力請求下的結果就是這樣，於是我只能放棄，作品中也從此沒有巨乳角色登場了。

因為插畫家不肯畫。

「……的關係。」

紗霧小聲地好像在自言自語些什麼。她的臉龐依舊通紅，眼睛也盯著地上看。

在我對妖精講說「女主角的首次登場劇情有夠爛」的時候，她也是這種表情……看來，這是一樣的情況……紗霧的怒火……已經要完全爆發了。

現在的對話，似乎對情色漫畫老師來說，是個無法讓步的重點。

「我對色色的插畫！有我自己的……堅持……！」

紗霧用自己的聲音，明確地表達出來。

「我不想畫沒有實際親眼看過的東西！」

…………………

寂靜與沉默充滿於房間中。

「那個……」

因為對色色的插畫有自己的堅持，所以只想畫自己眼見為憑看過的東西。

這跟剛才妖精所說的「採訪」內容，似乎是很類似的情況。我也不是沒有這類「堅持」的事物，所以這個道理，我還算是能夠理解……

不過，紗霧的發言中隱藏了巨大的問題。

「……從以前到現在，都只有……自己實際看過的事物……妳才肯畫出來嗎？」

「這當然不可能。像是沒辦法取得資料的東西……例如在《銀狼》裡登場的異世界種族、精靈等等，有很多是只能依靠想像來描繪的事物。但是，例如內衣、人的身體等等，大家都曾經看過的東西，如果不先親眼看過一遍，我就不想去畫。」

「不是啦，我想問的問題不是這個部分。」

「……咦？」

看來她不是很清楚問題的核心，所以我重新說一次。

「當妳畫那個……色色的插畫時……」

「啊！」

也許是注意到我的言下之意了吧——噗咻！紗霧的臉頰急速地變得更加火紅。

我為了提出決定性的疑問，於是接著開口：

「實際上看了什麼？」

「不准再說了！」

砰！紗霧拿起手寫平板使出全力往我腦袋敲下去。

「笨蛋！笨蛋！笨蛋！色狼！變態！哥哥你又……！」

砰！砰！砰！砰！在瘋狂痛罵我的同時，還不停敲打我的臉。

「住手……！抱歉……！痛……！這塊板子也太堅固了吧！」

所謂的手寫板，不是液晶跟塑膠材料製作出來的嗎？

為什麼敲打起來會是像鐵板般的聲音啊！特別訂製的嗎？

「……呼──呼──呼──」

但也因為家裡蹲實在沒什麼體力，紗霧馬上就氣喘吁吁了。

……在惠第一次來我們家之前，情色漫畫老師在實況轉播上所畫的色色插畫，擺出了翹高高的屁股穿著繫繩內褲，繩子緊綳到陷進肌膚之中的超過激姿勢，也讓大家都看得非常興奮。

「…………難道說，那張翹著屁股的插畫……」

我從防禦著臉部的手臂空隙中，看著擺放在房間角落的試衣鏡。

……紗霧這傢伙……就是看著那面鏡子……

這、這樣？

「不是！才不是！」

砰！砰砰砰砰砰砰砰！

「我什麼都還沒說吧！冷靜點！」

「你絕對有在想像！想像我現在正擺出很色的姿勢……！」

突破界限的憤怒與羞恥，讓紗霧宛如要從臉上噴出火焰般地情緒激昂。

「我才沒想啦！」

「騙人！」

紗霧喘著大氣敲打我的同時，還滔滔不絕的說著：

「你、你絕對有！絕對正想像著我趴在床上，然後看著自己的屁股畫出那張色色的插畫對不對！一定也覺得我為了畫圖去買了繫繩內褲，真是個很色的傢伙對不對！」

「我真的沒有想像到那種地步啦！」

不過因為本人這樣自行暴露的關係，我現在真的覺得她是個很色的妹妹。

「嗚～～～～～～～～～～～～～～～！」

紗霧咬牙切齒，用泛著淚光的眼睛瞪著我。

不好……要把她弄哭了！

「紗霧！聽好！」

我突然大聲喊話。

「所謂的哥哥！對妹妹！是不會用帶有情色的想法去思考的！」

「！」

也許是被我的氣勢所驚嚇，紗霧的肩膀顫抖了一下。

妹妹像是在窺探我的反應般小聲地說著：

「……真的嗎？」

「嗯，真的。」

「……就算哥哥洗到繫繩內褲，也不會因此……把我當成很色的小孩瞧不起我？」

「我怎麼可能會瞧不起妳呢。」

我如此斷言。

不過這樣說來，之前洗到的那個玩意，原來就是繫繩內褲啊。

乍看之下根本就分辨不出來啊！再說這個家裡蹲的妹妹竟然會有繫繩內褲，完全是超乎我的想像之外！

「如果妳這麼擔心的話，那我就講明白了。我已經決定要成為妳的哥哥了。我也已經決定絕對要獲得妳的認同。所以不管妳是個多色的女孩，我絕對不會對妳動色心，也絕對不會對妳起歹念，最重要的就是絕對不會看不起妳。」

我抬頭挺胸，把信念說出口。

「因為這就是所謂的哥哥。」

所以放心吧，紗霧。

守護妹妹，是哥哥的職責。

「…………………」

紗霧帶著複雜的表情，默默地聽著我說。明明是個會輕易把感情表現在臉上的傢伙，為何在這種時候……卻完全無法判別呢。

硬要說的話，那就是除了「樂」以外，其餘的「喜怒哀」全都混雜在一起的感覺——

「真像個笨蛋。」

——紗霧用那種表情直接地斷言。

「我才不想管又色又是個騙子的哥哥，我才不相信你呢。」

啊啊……說的也是。

「……一開始是在講我是個騙子的事情呢。」

我重新看向紗霧手裡拿的凶器——不，是看著手寫板的畫面上描繪的那張全裸金髮美少女的插畫。

「這張插畫上畫的……難道是妖——隔壁的山田小姐？」

「………」

紗霧沒有回答，把頭轉向別處。

「是這樣沒錯吧？這個充滿情色感的全裸女性，跟我是騙子這件事有什麼關聯性嗎？」

「……！」

啪！唰唰咻咻！

紗霧再度在手寫板上揮筆作畫。

插畫馬上就完成了，她嘟著臉頰地把畫面推到我面前。

「……這個。」

「……嗯唔……」

紗霧給我看的畫面上跟剛才一樣，畫著「我」被二頭身化的插畫。

圖中的我正用令人火大的表情說著『隔壁鄰居？我跟她一點都不要好啊。』這些話。

「接下來是這個。」

紗霧維持著把平板擺在我眼前的姿勢，用單手手指在畫面上滑動。

接著畫面上展示的插畫被切換——

出現超情色的全裸妖精，以及「我」看到她後，帶著一臉色咪咪的笑容發出『呀呼～～』笑聲的插畫。

「……這、這是……」

我的嘴角一抖一抖地抽搐著。

「……接下來是這個。」

紗霧繼續滑動畫面。

上面畫著在妖精的工作室內，我和妖精看起來聊天聊得很開心的身影。

「……唔……咕……」

我把視線轉到紗霧房間那個忘記關起來的窗簾上。

我就覺得事有蹊蹺……一個家裡蹲，怎麼可能會毫無理由的把窗簾打開呢……原來是這麼一回事。

「……紗霧，我說妳喔。」

「下一個。」

紗霧再度滑動畫面。

拿著餐點的「我」，正用一臉含情脈脈的笑容這麼說著——

『她給了我很好吃的餐點囉。妳肚子餓了吧？』

紗霧繼續滑動畫面。

『隔壁鄰居？我跟她一點都不要好啊。』

唰、唰、唰——

以上四張插畫，不停地依照順序切換來給我看。

——『隔壁鄰居？我跟她一點都不要好啊。』——

紗霧再次重新強調。

「大騙子。」

「我才沒跟她很要好啊啊啊啊啊啊啊啊啊啊啊啊啊啊！」

這是什麼……大繞遠路的譴責啊！

紗霧用低沉的聲音重複說著。

「大騙子。」

「所以說！我沒有說謊！雖然最近我的確很常去隔壁鄰居家！但這是有原因的！」

說起來這件事有需要進行辯解嗎？這次雖然我絕對沒有說謊，但如果就算我真的說了謊，跟鄰居在那非常要好的打情罵俏。

為什麼紗霧會因此生氣鬧彆扭，一下子不跟我說話，一下子又這樣單方面地譴責我啊？

完全無法理解這是什麼意思。

紗霧更進一步地逼問我。

「原因是什麼？」

「那是因為——………」

我現在跟那位「鄰居」有著「為了能公平的一決勝負，所以要想辦法讓情色漫畫老師能夠閱讀到妖精的原稿」這個約定。

現在在這裡跟紗霧說明山田妖精老師的真實身分也是個辦法。

……但是，我不想講。

當然我會遵守約定，讓妖精的原稿說什麼都能夠被情色漫畫老師閱讀。

但隔壁居住的，就是暢銷作家山田妖精老師這一點，我不想告訴妹妹。

不，算了，還是不要再隱瞞下去了。

就算我已經約好了要公平的一決勝負，但我現在還是抱持著迷惘。

遠比我有人氣同時作品也很暢銷的同行，現在就住在隔壁，跟我一樣都非常想要獲得情色漫畫老師的力量，而她過著跟不去學校的紗霧非常相近的生活——這些事情，我實在不想講出來。

總覺得那就像是重要的夥伴會被搶走一樣，令我非常抗拒。

這還真是沒出息，連我自己都覺得無比丟臉。

「……現在，還沒辦法說出來。」

下個月的時候，就能告訴妳。

當我們兩人的原稿完成後，就會交由妳來閱讀，並且決定勝負。

就等那個時候。

「是嗎？」

紗霧對我的回答，似乎相當失望。她的眼神裡潛藏著昏暗的憤怒，低聲地自言自語。

「……大騙子。不停的，不停的，不管什麼事情都在對我說謊。哥哥你………」

紗霧徹底地斷言。

「我最討厭哥哥你了！」

這句話已經不是用來責備「我跟妖精很要好」這件事了。

而是這一年來，對雖然短暫但也是以兄妹關係住在同一個屋簷下的我，由妹妹所作出的評價。

「——最討厭……嗎？」

「最討厭了，我不想再看到你的臉。」

這不是正好嗎？現在可不是大受打擊或是失落消沉的時候了。

和泉正宗，你應該很清楚——如果不在這邊做出選擇，你就不配當哥哥。

「那麼，我就來證明自己不是個大騙子。」

「……怎麼證明？」

現在正是將我的決心，傳達給她的時候。

「那還用說。我能夠做到的事情，就只有一個了！」

「……你在說什麼啊？」

「我在這一年以來，總是在思考著同樣的問題。要怎麼做，我才能夠獲得妹妹的信賴。該怎麼做，我才能更接近紗霧心目中的哥哥。要怎麼樣證明，妳才會認同我。」

「…………」

「但是在上個月……我知道了妳的祕密。這位一直以來和我一起工作的夥伴，我知道了她的真實身分。」

「呵哈哈哈哈哈哈！鬥志開始高漲啦——！」

這是我抓住能夠接近妹妹的契機，提起幹勁時的心情。

「一決勝負吧！我的夥伴是不會讓給妳的！」

這是我揚言要將某動畫化作家徹底打倒時的心情。

「我思考了很多，也採取了很多行動。」

這些像是燃燒起來般持續高漲的動機，是打從我出道以來，第一次有這麼強烈的感受——

跟我第一次從讀者那裡獲得對作品的感想時相同，跟我第一次看到自己的書被陳列在書店時相同——這些事都讓我有著「真是太有趣了！」這個想法。

「……因為很愉快。不管是畫圖也好，還是邊轉播影片邊跟大家聊天也好。」

「笨蛋！笨蛋！笨蛋！色狼！變態！」

能夠開始跟妹妹說話，真的讓我開心。接下來會怎麼樣發展，也讓我無比期待。

最近的我，一定是——

跟因為太開心，所以邊做出蠢動作邊畫插畫的情色漫畫老師一樣，我們一定是懷著相同的心情在行動。我腦中被妹妹與情色漫畫老師的事情占滿，並廢寢忘食的拚命寫著新作小說。

「因為這樣，我終於發現了。」

拚盡全力熱衷於工作之中這個超級難題，其實我早已漸漸突破了。

「終於——我了解到自己該做些什麼了。」

聽完就給我嚇一跳吧！

能讓我隨時幹勁ＭＡＸ燃燒，超開心的工作，並且寫出超級無比有趣小說的祕技。

能讓那囉里囉唆整天只會退我稿的責任編輯無話可說，也能把那煩死人的動畫化作家大人徹底打垮，以後也能繼續讓情色漫畫老師幫我畫出超棒的插畫，能夠獲得妹妹的信賴，更能夠成為日本第一的哥哥——能瞬間反敗為勝的必殺技。

這是一生只能使用一次，在世界上，只有我才能夠使用的Ｓ級獨有技能。

那就是——

「紗霧！我打算！」

「以妹妹當小說女主角！」

我對紗霧——對妹妹，如此大聲地宣誓。

「……………………………………………什麼？」

我所說的話，似乎完全超出紗霧的想像，讓她驚訝到整個人呆住。

「你、你、你……你在……說些什麼。」

「妳沒聽清楚嗎？我要用『妹妹』作為題材來寫輕小說！就跟因為超級喜歡小女孩，最後終於以可愛的小學生作為女主角，寫出名作小說的那個人一樣！就像最喜歡全裸的暢銷小說作家大人，會藉由全裸身體彈鋼琴，來構想出超級情色又有趣的戀愛喜劇構想一樣！就像那位最喜歡繪製色色插畫的人，總是能夠帶給我無比的感動一樣——」

我暫時停下來吸口氣，接著一鼓作氣說完。

「我要以這世界上最喜歡的妹妹來寫作！以我的內心作為素材，創造出『究極的輕小說』給大家見識！」

「——嗚！」

妹妹的臉，有如烈焰般通紅。她一把抓起耳麥，並且戴上。

喇叭擴大出來的聲音，有如噴火般地吼叫。

「我一點也不高興！一點也不高興一點也不高興一點也不高興！我才不會因為這樣就敞開心扉，只會覺得噁心而已！我最討厭大騙子哥哥了！我才不會相信你！馬上給我出去！不要再管我了！」

這是彷彿要將一切燃燒殆盡的拒絕。

我的話語沒辦法傳達給妹妹理解。

於是……

「不敞開的房間」的大門，又再次緊緊關閉。

就跟紗霧的內心一樣。

經過幾天後，五月也已經過了一半。

從那天之後，我跟紗霧就連一次也沒見過面。

我們之間的關係，比開始能夠交談之前還要惡化……就算在房門口擺放食物，就這樣碰都不碰的次數也增加了。就連讓她感到開心的影片轉播，也突然不再進行。

我憂心忡忡到胸口好像要炸開一樣，想到是不是我帶給妹妹不好的影響，光是罪惡感就快把我殺死了。

但即使這樣，我還是憨直的繼續寫小說。也繼續幫妹妹準備餐點，出聲對她喊話。

我以MAX燃燒的幹勁，將能夠辦到的事情盡己所能去做。

自從最後一次被退稿之後，我就再也沒有向編輯部交出原稿。連大綱和企畫書都沒有。

以快筆作家（對編輯部來說）作為賣點的和泉征宗來說，這是過去未曾發生過的事情——我對手上目前正在進行的「妹妹小說（標題未定）」，採用了跟過去完全不同的作法。

我不再把它當成亂槍打鳥的其中一發「子彈」來消耗。

而是絕對，就算拚死也要讓「這部作品」問世，專心踏實的進行。

說來也很奇妙，這是我在出道之前所採用的方法——也是我後來為了活用自己的快筆能力，要以職業作家身分存活下來時所捨棄的作法。

讓我至今順利走到現在——雖然勉強但還能夠在職業世界裡存活的方法，以自己的判斷來改變，並且挑戰全新的題材實在很愉快，也能讓我湧現無限的動力。

當然，這也不完全都是好事。

責任編輯在前幾天對我說了「這禮拜內交點什麼出來吧」……

……但我卻開始用「請等候我的原稿」這些話來拜託工作客戶。

自己主動拒絕對方所設定的截稿日，對我來說是非常恐怖的事情。

甚至會忐忑不安的覺得，我的作家生命是不是就要這樣結束了。

說不定會就此再也沒辦法出版書籍了。

實際上，雖然也許並不會如此嚴苛，但責任編輯溫柔對我說的「這樣啊，那就請你慢慢構思吧」這句話，讓我感到無比害怕。

如果我不交出原稿，就會不停的被其他作品搶走出版缺額。

就跟前年不管再怎麼拚命寫，即使寫了幾十本份量的文章就連一本都出不了，因此大受挫折的時候一樣。

不知不覺間，我所占有的位置就會消失無蹤。就連書迷也會把我遺忘掉。

這些充滿現實的想像，總是不停纏繞著我。

寫作速度降低的恐怖感，這是自從我出道以來第一次感受到。

寫著自己最喜歡的題材，幹勁ＭＡＸ燃燒的我——

放棄戰鬥型小說，改寫妹妹題材小說的我——

改變順利走到今天的作法，重新採用充滿挫折時期作法的我——

在內心雀躍不已的同時，彷彿也像要被不安給壓潰一樣。

就像是第一次寫小說的時候——

我在積極與消極的劇烈落差交互來往之中，繼續提筆寫作。

內心懷抱著興奮與恐怖，我在纖細的鋼索之上繼續前進。

情色漫畫老師
ero manga sensei
第五章

第五章

五月三十一日來臨。

月底——是山田妖精新作初稿的截稿日，也是我幫自己定下的新作小說截稿日。

「…………」

我把褐色的信封袋夾在腋下，站在水晶宮殿前方。

在決戰開始之前，緊張、不安與恐怖讓我不禁豎起雞皮疙瘩。

雖然並不是沒有自信。畢竟我好不容易才找到自己心目中的理想題材，也在幹勁ＭＡＸ燃燒的鬥志下完成寫作。我的內心，現在充滿了過去未曾有過的成就感。

我寫出了超級有趣的東西，這種強烈的手感我的確感受到了。

但即使如此腳上也沒有停止發抖。

理由不需要我多說。

自己使出渾身解數所創作出來的東西，會覺得有趣是理所當然的。

沒有人不是這樣。

大家都會把自己的小孩當作神童看待。

就算自己覺得亂有趣一把——其他人是不是也會有這種相同的感受，不經他們閱讀過後是沒辦法知道的。

就算我覺得超級有趣，也許讀者並不這麼認為。

所以才這麼令人害怕，讓人不安到無所適從。感覺腸胃好像快要爆炸一樣。

這股恐怖與不安，得把自己所寫的東西給別人閱讀過之後，才能夠一點一滴的漸漸緩和。

當讀者發出「真是有趣」這種心聲後，才能培養出「自信」這種東西。

出道三年……我寫了數也數不清的文章供人閱讀，並且獲得感想。

因此雖然很微弱，但也總算能感受到「我寫的東西，看來對其他某些人來說似乎相當有趣」的這種手感。

幸運的是，我能夠遇見可以跟自己一起對相同事物說出「有趣」的讀者。

之前所舉辦的簽名會上，還能夠直接與他們交談——能夠有這麼美好的相遇真的令我很高興。同時能夠獲得這麼多無形的收穫，也令我十分感動。

不過，這次我寫的是跟以往完全不同的內容。

跟至今的作法不同，我是用過去不順遂時的方式來進行這次的工作。

所以——

用這種方式創作出來的東西，對我自己以外的某人來說是否真的有趣，不實際給他們閱讀之前還真是無從得知。

這真的無計可施。因為還沒有給其他人閱讀過，我自己真的沒有把握。

賴以維生的「自信」這玩意兒，也像這樣因為一點小事就完全從零開始。

第五章

一切都變得很模糊，無法掌握住方向。

就跟妹妹的內心一樣。

我緊壓著心臟自言自語地說著：

「啊啊……好久沒出現了，這個令人忌諱卻又懷念的感覺。」

我不會忘記……第一次造訪出版社時的那個緊張感。

第一次寫好小說，上傳到網路上時，那股陷入混沌的感情。

——直到「那個人」把最初的感想送來為止，我都一直悶悶不樂。

「……喝！」

我稍微冷靜下來了。看來是因為——想起以前那位有如朋友，又有如恩人般的人吧。

雖然我們只有用信件跟聊天室交談過，所以他的長相、或本名，就連性別我也不清楚。

但從那成熟的語氣看來，對方一定是年長的男性吧。

我們聊了很多，話題全部都是我寫的小說。像是哪一段劇情很有趣，或是喜歡哪個角色——之類的。常常漫無邊際地，就這樣聊了好幾個小時。

那時候非常快樂，快樂到甚至是我決定要成為職業小說家的契機。

雖然，我們現在已經沒有再繼續互相聯絡了。

那個人——最後一次跟我聊的內容是什麼呢？

最近，我打算參加小說的新人獎選拔，好像……是聊著這種話題的樣子……

「好啦。」

哎呀……現在，可不是像這樣子……懷念過去的時候。

「上吧。」

恐懼雖然沒有消失，但即使如此還是要往前踏出一步。

「現在！一決勝負！」

我在下定決新的同時，按下電鈴。

叮咚。

「…………奇怪？」

沒有回應。平常的話，不用五秒就會聽到「示出證明」這個令人羞愧到不行的口號才對。剛好出門了？不對，這不可能。「三十一日下午五點會去妳家。」、「那一天就是決定勝負的時候。」這些我已經不停的重複對她說過好幾次。就連昨天也是用「就是明天了喔！」這種話對她再度強調過了。

「……難道是，來不及完成原稿，逃跑了……嗎？」

……也許有這可能性。山田妖精到了昨天也還是老樣子，一派輕鬆地說她的原稿連一個字都還沒有寫。才短短一天根本不可能把小說完成。

妖精的原稿沒有完成——這的確有可能。

但是，妖精她逃跑了——這件事可能嗎？

「怎麼可能。」

自己的推測，被自己給否決了。

山田妖精自從跟我約好一決勝負後……就一直充滿自信並且維持著「贏過像你這樣的廢物是理所當然」的那種態度。實在看不出來那是演技或虛張聲勢。

再加上，考量到妖精到今天為止的實際成績。那個暢銷作家大師，自從出道以來，一直都是保持著一年出版四本書的步調，持續發售新刊。

也就是說，她有在遵守截稿日期。

至少，就算沒遵守說給新人作家聽的唬人用日期，真正危險的截稿日，她應該一直有確實遵守才對。

也因為這樣，那個偷懶不寫稿整天玩魔物獵人的笨蛋，跟優良作家——山田妖精老師就是同一個人這件事，我到現在還是不敢相信。

從這個狀況來看原稿怎麼樣都不可能完成，但從實績來看原稿卻不可能沒有完成。說她逃跑了，這也很難想像，可是那傢伙卻沒有出來開門。

這真是難以判斷的狀況。

…………

「…………總該不會……死在屋裡了吧？」

……應該不可能……吧。這可不是開玩笑的……

雖然感到迷惑，但我還是慢慢地走入了水品宮殿的庭院裡。

我打開玄關對裡頭呼喊，但是沒有反應。

「喂～～有人在嗎～～？」

跟往常一樣昏暗的西洋式走廊與略嫌陡峭的樓梯，在我呼喊之後回歸寂靜。

「有人在家嗎──！」

我朝工作室──也就是二樓呼喊，但依舊沒有反應。

這種感覺，彷彿山田家真的異變為幽靈鬼屋一樣。

……………一分鐘……兩分鐘的等待過去了，我再度呼喊。

「山田妖精老師──妳在家嗎──？」

……………

「我擅自進來囉──」

連半點回應都沒有，於是我決定前往工作室看看。

沒辦法……因為，這明顯不是普通狀況。

「……………」

我保持警戒登上樓梯，站在妖精的工作室──被封閉的大門前。

我從房門內感到一股奇妙的壓力……沒錯，有點像是那個「不敞開的房間」一樣。

我咕嘟吞下口水，接著握住門把。

嘰嘰……伴隨著有如驚悚電影般的音效，打開房門。

喀噠喀噠，有道我非常熟悉的聲音。

是敲打鍵盤的聲音。

「妖——」

原本想要出聲叫她，但卻沒辦法。因為我看到在工作室裡頭，坐在電腦桌前的妖精側臉。

那是從以前到現在，我從未見過的認真表情。

這表情非常適合用鬼神般的氣魄來形容，她面對螢幕，專心一志地敲打著鍵盤。

到昨天為止那個傻笑著拖搞的笨蛋作家，已經不存在於此地。

一個人孤單地穿著火災現場裝備，狩獵紅色轟龍的職業獵人，也消失無蹤。

這跟過去我想像中完全相同，帥氣的山田妖精老師正在工作。

「…………」

我無言地環視房間……接著用手指在架子上劃過。

望向指腹，上頭沾著少許的灰塵。這個房間的主人，過去明明是個從來不會忘記打掃的人。

「……這是……」

不禁脫口而出的自言自語，讓妖精有了反應。她像是受到驚嚇般顫抖肩膀，並停止敲打鍵盤。

——這個景象，讓我產生了點罪惡感。

妖精迴轉著多功能電腦椅，轉而面向我。她那不像現實中存在的美貌臉龐上，現在帶著非常深沉的黑眼圈。

而且也不是穿著平常的蘿莉塔服裝，而是上下都穿著方便行動的運動服。

「……啊啊，你來啦。對喔……今天……是三十一日嗎？……請你在客廳等我一下。」

那是像個老婆婆般粗啞的聲音。

「我打擾到妳了嗎？」

「…………」

沒有回答。她彷彿聽不到我的聲音一樣，再度面向筆記型電腦，開始敲打鍵盤。

我保持沉默並且盡量不發出腳步聲地，走出了工作室。

我照她所說的在客廳等待。我盤腿坐在座墊上，閉上眼睛開始思索。

緊繃的氣氛，籠罩著整個水晶宮殿。

……沒想到，那傢伙竟然還有那樣的一面。

說意外嘛……那倒也不會。不如說像那樣專注於工作中的樣子，才是讀者——才是我心目中所描繪出的「暢銷作家——山田妖精老師」形象。

她這個樣子，一定可以完成非常棒的原稿。

「……………呵呵。」

對我來說這明明是很不妙的情況，但我還是感到很開心。

那傢伙雖然是我的敵人，但我也一直都是那個人的書迷。

大概過了一個小時左右，妖精開門走了進來。

砰咚！

「讓你久等了！」

綴滿花邊的白色蘿莉塔服裝，以及自信過剩的大嗓門。

她完全回到平常的調調。不知道是怎麼辦到的，就連臉上的黑眼圈也不見了。

她手上抱著筆記型電腦與整疊的稿紙。

妖精大搖大擺的來到我身邊，接著砰！的一聲巨響，她把整疊稿紙——也就是原稿，像是摔在矮桌上似地放下。

「這就是本小姐的新作小說！」

「…………………………」

「……什麼啦，和泉征宗。你怎麼一臉『看見不可能存在的東西』似的表情。」

「不是……因為啊。」

看到她專注於工作上的樣子，雖然我也覺得她能夠完成……

但實際真的看到以後還是覺得不可置信，沒想到真的能夠完成……

「妳、妳啊……昨天……不是說連一個字都還沒有寫嗎？」

「是啊，本小姐是說了。所以呢？」

竟然說所以呢……她知道這句話的意思嗎？

「短短……一天之內……就把原稿完成……了嗎？」

我訝然地從矮桌上拿起妖精的原稿。

沉甸甸的重量感。看來的確有一集文庫本的份量。打開原稿最後頭一看，頁碼上打著「130」的數字。也就是說換算成文庫本會有二百六十頁。

「一天……大約二十四小時，寫出二百六十頁嗎……？」

看到驚愕的我，妖精她露出「呵呵呵」的得意笑容。

「不，不對……這是騙人的吧？一天內能寫出來的份量……就算再怎麼努力，一般也頂多只有二百頁左右而已吧！」

「給本小姐等一下！你的感覺也很超乎常人吧！……一般應該只寫的出五十頁左右而已才對啊？」

欸？真的嗎？只有這麼一點點？一天五十頁這不是比我平常放學後寫的還少嗎？那麼緩慢的寫作速度，有辦法當職業作家嗎？一天不寫個一百頁的話，萬一陷入退稿的無間地獄時可是會沒辦法脫身的喔。

被施加「週末結束後就截稿；開天窗就把你放置到死。」這種壓力的時候，該怎麼辦？

雖然有許多疑問，但現在的問題不在那邊。

「既然這樣就更奇怪了吧。明明到昨天都還沒寫半個字……為什麼今天突然就能把原稿完成？」

「嘖嘖嘖嘖。」

妖精用令人火大的動作擺動手指。

「以前本小姐沒跟你說過嗎——『當你敗北的時候，就讓你見識見識。』這樣。」

「這是什麼時候——啊。」

我想起來了。

「本小姐的獨有技能也是非常強大的喔。只不過因為是運用上相當困難，所以是高手型能力，但使出時的爆發力，可是凌駕於你的『超快筆』之上呢。」

因為是她無聊的妄想，所以我馬上就忘掉了——

「妳……難道說……妳是……！」

「呵呵呵——看來你發現了呢。觀察力很好嘛，和泉征宗。」

啪！妖精從我手中把原稿奪走，接著高高舉起。

「這就是本小姐身為『大小說家』的『能力』！B級技能『完成原稿召喚（Summon Darkness）』——從魔界召喚出完成的原稿。」

「——」

我瞪大眼睛無法動彈。

怎、怎麼可能……！竟然有這種恐怖的作弊技能存在——！

「——妳真的以為我會被嚇到嗎！少在那邊唬人了！」

「才、才不是唬人的！」

「少說謊了！剛剛妳正超拚命地趕稿吧！」

「那、那個不是這些原稿！那是……對、對了！那只是在看遊戲的攻略網站而已！是消遣！只是熱衷於消遣而已！」

妖精看來就是完全被我說中，一臉焦急的樣子。

「…………」

我半瞇著眼睛盯著妖精的雙眼看。

「什、什麼啦……」

「呿，什麼『完成原稿召喚』啦！妳這種作法不就是『啥？暑假作業？嘿嘿嘿我都還沒開始寫喔～～♪』的高級版本而已嘛！職業作家就不要搞這種惡質的把戲好嗎！我都猜到了啦！妳一直以來都在我沒看見的時候一點一滴地偷寫對吧！」

「本小姐才沒有寫～～～～～～～～～～～～～～～～～～～！是剛剛才從魔界召喚出來的～～～～～～～～～～～～！」

這傢伙難道以為用這種垃圾謊話，可以騙得到人嗎？

偶爾會有這種人呢，這種「炫耀自己沒在工作」的白痴作家。

不要搞這種飛機好嗎！我可是很期待妳的新刊耶。

我持續用冰冷的眼神射向她，妖精最後嘟起嘴巴。

「如果你覺得我說謊的話，就來調查本小姐的筆記型電腦看看吧。不管在哪個角落都沒有原稿的檔案喔。」

她挺起微薄的胸膛，一副「哼哼，怎麼樣」的表情，接著把筆記型電腦打開來給我看。

「…………………喂。」

這傢伙，剛才說了什麼……？自己電腦的硬碟裡頭，沒有這個原稿的檔案。故得證，自己並沒有撰寫這個原稿，而是從魔界召喚出來的……

她是這麼說的嗎？這、這傢伙……難、難道說……難道說……

「妳刪掉了嗎？新作的原稿檔案！就只為了搞這種無聊的小把戲而已？」

「啊啊？你這笨蛋在說些什麼啊……這個原稿，是本小姐使用技能從魔界召喚出來的東西，所以原稿檔案什麼的，從一開始就不存在喔？」

「囉唆啦！妳這……知、知、知不知道自己幹了什麼好事！山、山田妖精的新作被妳刪掉了喔！妳知不知道那個原稿有多大的價值……！」

因為太過亢奮，我連講話的語調都變得很奇怪。

「……呃……山田妖精就是本小姐啊……而且原稿不是就在這裡嗎？」

竟然講得那麼輕鬆……這就表示這裡存在的那個，是唯一的初始原稿吧。

「……妳喔，我說真的，妳這樣子要交稿時怎麼辦啊？現在的出版社，沒有電子檔案是不行的吧？」

「誰知道？本小姐如果贏了跟你之間的對決後，本來就打算把這份原稿直接交給責任編輯。也許就叫編輯部的工讀生，用人工打字的方式來轉為電子檔吧？」

這傢伙真的有夠垃圾。雖然我覺得中二病是個可愛的屬性，但只有這傢伙是例外。真～～～～～～～～～～～的是！一點都不可愛！

面對過度憤慨，氣喘吁吁的我，妖精用一副尊爵不凡的姿勢遞出原稿。

「好啦，餘興節目結束了。來一決勝負吧，和泉征宗。」

即使到了這節骨眼，我內心還是非常的緊張害怕——

但是無論如何，這都不能顯露在表情上。

「——正合我意，山田妖精。」

調整好呼吸，準備迎戰宿敵。我從小心翼翼拿著的褐色信封袋裡，拿出剛好三百頁的原稿，並且遞給對手。

我們互相交換原稿。

這當然是為了在此閱讀對手充滿自信的作品。

這個流程並不是我們事先決定好的。如果只為了決定輸贏，只需要把妖精的原稿交給我，接著轉交給情色漫畫老師就好了。

但是，我就是想看嘛。山田妖精老師，自稱是從魔界召喚出來，使出渾身解數所寫的小說。

就連編輯也都還沒閱讀過的夢幻初稿。

拿到我的原稿時，妖精是否也有著相同的感受呢？

如果有的話，那我會很高興也會感到很光榮。

「哎呀——沒有書名嗎？」

妖精咚沙一聲，粗魯地在我隔壁的白色椅子坐下。

「是啊，我還沒決定。老實說，這也是剛剛才寫完的。」

這是我出生以來第一次花了半個月的時間才寫好初稿。寫不出來——這種事倒是沒發生過。不如說是完全相反，我以超越以往的幹勁，不停的寫了再改，改了再寫——即使有好幾次差點就要被不安給壓垮，但還是獨自一人繼續修改潤飾。我非常樂在其中——這真的非常愉快。

「哦，你是在最後才決定書名的啊。跟人家相反呢。」

妖精的原稿，在封面上寫著書名。

在寫完之後，配合內容思考一個書名。

首先決定好書名，在搭配書名撰寫內容。

妖精是屬於後者，她是有計畫地將故事創作出來的人吧。像我這種只是把想到的劇情先寫出來而已的人，就是等全部寫完之後再決定。連我都覺得自己的效率很差。

妖精取的書名相當容易讓人記住，同時也具有衝擊性，最重要的是能夠完全表現出女主角的象徵性。

光看一眼，這個書名就能把這是部帶點色色情節的歡樂喜劇徹底表達出來。

同時也是光看這一眼，情色漫畫老師所繪製的平胸女主角，帶著羞澀表情登上封面的樣子，已經浮現在我眼前了。不管作為商品，作為向情色漫畫老師進行自我宣傳，以及作為用來打倒我的武器……在各方面而言這都是個無比優秀的書名。

「萬一如果你贏過本小姐的話，你的作品推出時本小姐可以幫忙寫個推薦文喔。順帶一提就是～雖然還沒有發表過，但被本小姐看上的作品，到目前為止可是全部都被動畫化了。」

「……這還真是厲害。」

「對吧，對吧。」

這時後，妖精把單手擺到左眼附近，擺出像是動畫女主角般的姿勢。

她閉起右眼，然後從左眼閃耀出強烈的目光。

「B級技能『神眼（God Eye）』——這是只要閱讀一次就能看穿作品本質的『能力』喔。」

看來她是想要誇耀說自己很有眼光。

唔嗯，雖然她的說詞非常詭譎可疑……不過這傢伙的確有實績，能夠誇耀說自己很有眼光。

實際上，B級以上的技能也不能說完全是妖精的妄想，而是有一定程度的真實性存在……不過要我理解到這點，是得要稍微過一段時間之後的事情了。

特別是妖精現在很得意地展示著的「神眼」技能。

這在她所持有的大量技能之中，可說是相當實際，或者該說我覺得是真的非常厲害的能力。因為這個技能的關係，在這之後，我馬上陷入前所未有的困境。

妖精維持著那帥氣的姿勢，並且以充滿威嚴的態度說。

「呵呵呵……藉由這令人畏懼的『能力』，總有一天在這輕小說業界裡，就會誕生出冠上本小姐名號的獎項吧。」

「是啊是啊，好厲害超強的。妳的眼光真的超準——哼，既然如此，那我就要贏過妳，這樣我也終於能夠進入動畫化作家的行列了。」

「哈，還真敢說。」

我們稍微互相挑釁。妖精用輕視的眼神看著我。

「好……那就請你閱讀看看吧，本小姐所寫出的傑作。」

「啊啊。」

「本小姐也將閱讀你充滿自信的作品囉。」

「嗯……請便。」

總覺得突然心跳加速。把自己所寫的文章，互相交換閱讀這種行為，說不定……是種非常充滿情色感的行為？這感覺就好像互相赤裸身體袒裎相見一樣啊。

我突然這麼想著。

實際上，我的臉頰比目擊到妖精的裸體時還要火熱。

——不對吧！

我用力搖搖頭——不知為何坐在旁邊的妖精也做出相同的動作——接著我們開始翻閱原稿。

「——」

啪唰、啪唰、啪唰……啪唰、啪唰、啪唰……

我情不自禁地閱讀下去。一決勝負這件事，在看了幾頁之後就從腦袋裡消失了。急速跳動的心臟，被另外一種興奮掩蓋，跳動得更加強烈。

沒辦法停止。我不停的往後閱讀，手與內心都無法停止。

「——」

有趣！真是亂好看一把的！太扯了……！

這就是……動畫化作家的實力……！雖然我很明顯的已經陷入窮途末路，但我卻還是沉迷於宿敵所寫的小說，沉浸在作品的世界當中。女主角可愛的程度讓我為之瘋狂，文中所描述那色色得讓人無法忍受的身姿，在我腦中所浮現的是——情色漫畫老師的插畫！

「……這傢伙……！」

我帶著不甘心的笑容，瞪著勁敵那美麗的容貌。

因為我發現到了。

這是……以「特定插畫家作畫為前提」所寫出的輕小說。

就跟料理是相同的道理，文章跟插畫是相容的。（除了一部分以外）對附有插畫的輕小說而言，這個相容度是絕對不容輕忽的重要因素。

當跨媒體製作時改變畫風，或是因故必須改變負責的插畫家時，應該也有讀者會有很深的感受。我也曾經以一名書迷的身分體驗過這種狀況——所以呢。

妖精的新作小說，是部跟情色漫畫老師的插畫相容性非常良好的作品。

「…………唔！」

文章、劇情發展、角色……不管哪一點，都是以讓情色漫畫老師繪製插畫為前提所創作。女主角們的身材都只有平胸，情色漫畫老師擅長的姿勢，喜歡的情境劇情跟服裝也大量加入其中。

然後最重要的，總之就是很色。

依照這傢伙的個性，她應該不是專門鎖定這一點來寫的才對，不過如果萬一她真的是鎖定這個部分所寫的，那就更加厲害了。

可說是單一方向的特化型調整。

毫無疑問地，這就是為了情色漫畫老師所寫的輕小說。

「妳的……這作品……真是了不起。」

回過神來，我已經打從心底讚賞敵人了。我抬起頭來，想要確認對方的反應——妖精完全沒有聽到我所說的話。

她只是全神貫注地閱讀我的原稿——只不過，是一臉怒火中燒的表情。

「…………」

她擺出彷彿聽得見牙齒摩擦聲的齜牙咧嘴表情，整張臉幾乎要貼在原稿上頭，感覺就像是想要用眼神把我的原稿殺死。

在我閱讀著山田妖精的原稿而感到高興的身旁——

妖精閱讀著和泉征宗的原稿卻因此大發雷霆。

「……喂，喂。」

我提心弔膽的出聲叫她，但妖精動也不動，只有嘴巴吐出喃喃細語。

「這個原稿………是認真的？真的是這樣？沒有說謊嗎？」

啪唰。妖精繼續翻頁閱讀。並用低沉的聲音逼問我。

「是還不是？這是很重要的問題——快回答。」

這還真是非常模糊不清的問題。

……為、為什麼這傢伙……會這麼生氣啊？

我……有寫出什麼會讓讀者變成這樣的劇情在上頭嗎？

「當、當然是非常認真的……」

我的原稿，沒有任何一段劇情不是用最認真的心情寫出來的。

「是這樣嗎！」

妖精語調粗暴地回話。她的手指用力捏緊原稿，並且緊咬下嘴唇。

「…………………」

啪唰……啪唰……啪唰……妖精無言地繼續閱讀我的原稿。

那是種非常專注其中的閱讀方式，但表情依然是怒髮衝冠的樣子……

「……嘖……唔……唔……嗚……嗚……」

但這也漸漸發生變化——變得好像在忍耐什麼一樣。

最後——

「嗚～～～～～嘎～～～～～～～～！」

妖精非常突如其來的開始咆哮。砰！砰砰！她用幾乎可以擊碎玻璃的威力，拿起手上的原稿對著矮桌敲打。

接著妖精更用一記前踢就把桌子踹開，接著整個人撲倒在看起來很昂貴的地毯上。

她用躺在地上的姿勢開始滾來滾去地哭鬧——而且手上還拿著原稿。

「唔唔唔唔唔唔唔唔唔！嗚咕嗚嗚嗚嗚嗚嗚嗚嗚～～～～～～～」

完全就是小孩子鬧脾氣的狀態。那大吵大鬧的樣子簡直就跟被人騎到身上的轟龍沒兩樣。

因為閱讀了我寫的小說，所以這傢伙就變成這樣子……想到可能是這樣就讓我覺得很害怕。

因為我從來沒有想到讀者會有這種反應。

這到底是什麼情形！

翻頁閱讀，苦悶的扭動，翻頁閱讀，苦悶的蠕動。

她不是對地板連續使出頭錘，不然就是發出「嘎耶耶耶！」或是「嘰耶吱——！」之類有如野獸般的怪叫聲……妖精這種發狂狀態，持續了好一陣子。

而我什麼也辦不到，只能像是看護重病病患一樣地看著她。

最後她終於似乎是筋疲力盡，整個人仰天倒下……

「……不了。」

她小聲地自言自語。從妖精的碧藍瞳孔中，冒出了晶瑩淚珠。

「嗚嗚……贏不了……這種東西不可能會贏……太狡猾了……這種——」

妖精淚流滿面地，不停重複說著贏不了、不會贏這些話。

……怎、怎麼回事？我寫的這個小說，雖然的確是連自己都覺得超有趣的傑作，而且不管是寫完後的手感跟自信也都很完美。

但就算這樣，面對妖精所寫的超有趣輕小說，真的能夠取得這麼壓倒性的獲勝嗎？

我雖然相當地迷惘，但最後還是這樣問她。

「……我的原稿……真的那麼有趣嗎？」

「不對！本小姐不是在說這種事！」

「咦……？」

完全不懂她的意思。我們現在，是用小說在決勝負……而贏不了這個台詞，難道代表的不是妖精承認她輸給我的意思嗎？如果不是我的話，那麼是贏不了誰？

「明明平常老是對本小姐講一堆大道理！結果你這不是比本小姐還要沒常識嗎！那就從一開始就講清楚嘛！這種東西……這種東西……這是什麼拷問啊！難道你是打算殺了本小姐嗎？」

「……難到這小說無聊到會讓妳這麼生氣嗎？」

「就跟你說了！本小姐不是在講這種事了嘛！」

妖精站起身來，緊握著雙拳，用那還沒擦乾眼淚而且滿臉通紅的臉龐大喊：

「你這個遲鈍的傢伙！變態死暴露狂！竟敢讓本小姐看這種鬼東西！本小姐寫的輕小說，絕對會賣得比你好上一百億倍啦！但是！這種東西……根本就連一決勝負都稱不上！這種感覺就像是明明說好要用對戰遊戲來分高下，結果你突然就拿出金屬球棒往本小姐後腦杓敲一樣啊！」

雖然她用了相當直接的比喻，但我依然還是不懂妖精想要傳達什麼意思。

「喂……妳這傢伙……我完全聽不懂妳到底想講什麼啊！這是我使出全力，灌注靈魂在裡頭所寫出來的東西耶！我可是打算創造出『究極的輕小說』的喔！」

當我發出怒吼，然後妖精把她的臉貼到超近的距離來。接著直接斷言。

「是啊，的確是這樣！看過之後就知道了！雖然這真的是讓人火大到不行，但本小姐可以拍胸脯幫你作保證。你寫的這個鬼東西，的確就是和泉征宗靈魂的顯現！是用S級技能所創造出來的『究極輕小說』沒錯！」

「既然這樣！」

「但是這原稿不是『為了取悅眾多讀者所寫的書』這種東西！對本小姐來說，小說基本上只要目標族群越是限定，所瞄準的讀者層就越狹窄，對他們來說自然就越有趣。所以你這東西理所當然地會是究極的輕小說——因為你這個鬼東西，是灌注靈魂，只為一個人所寫出來的！」

「——」

這場爭論可說是我敗北，因為她完全說對了。

「那種東西已經不算是輕小說。你寫的這個是……這個是……這種東西。」

妖精沒繼續說下去，相對的——

「本小姐不幹了啦——！」

她就這樣含糊不清地大喊帶過。接著直接跑出客廳，發出激烈的腳步聲走上樓梯。

「喂，等等！」

我慌慌張張地追在妖精後頭，也跟著走上了樓梯。在二樓要進入工作室的位置追上她，對那嬌小的背影喊話。

「結果到底是怎麼樣啊！」

「啊，真是的，有夠差勁～不幹了不幹了本小姐不幹了啦！」

妖精用力地跺腳對地板出氣，接著轉過身來用手指頭指著我的臉。

「總、而、言、之！看了這個沒辦法當成商品的垃圾原稿後，會讓感情因此產生動搖的，在這世界上就只有本小姐，跟你的妹妹——情色漫畫老師而已啦！」

「！」

妖精伴隨著憤怒喊出的台詞，對我來說有如青天霹靂。

受到意料之外回答的強烈衝擊，我目瞪口呆地說著：

「……為……為什麼…………妳會知道？」

「是指你妹妹就是情色漫畫老師這件事嗎？」

「不只是這個。還有這部小說是用現實中……我的妹妹作為主題寫成的小說這一點也是。設定方面我應該幾乎都修改掉了才對。本來就打算寫成除了我以外的人都看不出來。再說我的小說裡頭也沒有家裡蹲的妹妹登場。我也不記得——有跟妳說過紗霧的事情。但是——」

為什麼，妳會說出剛剛那些台詞呢？

「不，那是因為，很好懂吧。只要看過之後。」

她這就像是「什麼，是這種問題啊？」的態度。

「咦？」

「嗯？」

我跟妖精，在瞬間四目相交，接著她指著我的臉。

「啊……難道說，你真的以為這樣就算是有好好隱藏了？然後也覺得參考題材不會被閱讀的人發現嗎？」

雖然妖精講得好像很一目了然的樣子，但接下來她好像突然發現了什麼。

「唔。啊啊……也對……說的也是。如果是對你的家庭狀況都不知情的讀者，或是就算知道也對你沒什麼興趣的人，不管他們再怎麼深入解讀大概也不會看出來。嗯，本小姐稍微訂正一下剛剛的發言。確實，關於參考人物，你隱藏得很好——但是，給本小姐閱讀的話，馬上就能察覺，這太明顯了。」

「……太、太明顯？」

「嗯，超級明顯。情色漫畫老師的真實身分是你妹妹這點，就跟直接寫在上頭沒兩樣。所以，本小姐還是勸你，不要這樣直接出書比較好。」

……真的假的……我自己還覺得沒問題的耶……

喂喂，這就是什麼「神眼」的力量嗎……！那居然真的存在嗎……！

我對她這麼一講，她卻回了「……才不是。本小姐會知道也不是因為技能的關係就是了……」這種微妙的回答。另一方面，我也沒有餘韻來咀嚼妖精這句台詞背後的意義，只能手足無措的焦急。

「那個……我、我啊……原本打算在這部小說完成後，要拿給妹妹看……」

「喔……那很好啊，你的心意，絕對可以徹徹底底地傳達給她知道。」

妖精用不耐煩的語氣說著。我則用快哭出來的表情問道：

「參考題材……妳覺得會被看穿嗎？」

「……你有對她提過嗎？」

「我好像有對她誇下過『以我的內心作為「素材」參考』、『要寫出以妹妹作為女主角的輕

小說』這種海口。」

「……你這個人啊……為什麼覺得這樣子不會被看穿呢？」

「…………………………為……什麼呢……」

這下子，好不容易讓妖精認輸了，但這不就沒辦法拿給紗霧讀了嗎！

我這個白痴！白痴低能智障！為什麼會得意忘形地給了紗霧那種大提示……！

我用雙手抓住臉頰並低下頭來。

我所寫的故事，是一個平凡普通的高中生主角——

從他對沒有血緣關係的妹妹一見鍾情開始。

為什麼我會覺得這樣不會被發現呢？

不，我應該已經隱藏到讓人無法察覺了才對。但是，不管再怎麼更改設定，源頭都是相同的，能夠發現的人似乎就是會發現。

我想，也許真的是這樣沒錯。畢竟，這是我灌注靈魂所寫出來的東西。

「噗，這樣本小姐也稍微爽快點了……喂，抱歉在你大受打擊時打擾一下。所以？你要怎麼辦？」

「怎麼辦……是指什麼？」

「你這個『情書』，不是要寫給妹妹看的嗎？」

「嗚哇啊啊啊啊啊啊啊啊啊啊啊啊啊啊啊啊啊啊啊啊啊啊啊啊啊啊啊啊！」

我抱頭放聲大叫。

「情！情……！妳這……！」

「咦？因為不就是如此嗎？這是情書沒錯吧。而且，還是足足有三百頁……超超超超超超～～～～～～級熱情的一封情書。」

「●×■⊿……！」

這是想殺了我嗎！我沒有別的話好說……就是這真的是想殺了我嗎！猛烈燃燒的腦漿已經一團亂，我沒有辦法正常思考。

我的臉上，想必也是一臉非常恐怖的慘狀吧。

「還想說你是多重度的暴露狂——沒想到竟然是在毫無自覺的情況下變成這樣。不過就算如此，本小姐也不想奉陪了。真的是讓人沒辦法奉陪。這種事情一開始就應該講清楚嘛——真是的。」

妖精粗暴的抓了抓那頭美麗的金髮。

「你會拿給妹妹看吧？因為你就是為此才寫出這部小說的啊。」

「…………是這樣，沒錯。」

「那就——」

妖精把我的原稿還給我。雖然她自己都還沒有看完。

相對地，她也從我手中把自己的原稿搶回去。然後——

「快去給她看吧！快去見情色漫畫老師！」

她自己親手，把山田妖精老師的新作原稿，塞進了碎紙機裡頭。

「啊～～輸了輸了！這次是本小姐輸了！」

「妳、妳這傢伙！」

雖然我立刻衝上前去，但為時已晚，妖精的原稿已經幾乎都被切成碎紙。

原始電子檔案被消除，在這個世界上碩果僅存的唯一原稿。

那部超有趣的新作小說，彷彿是為了情色漫畫老師量身打造，色色又很歡樂的故事——就這樣永遠地消失在世界上。

「妳幹了什麼！妳幹了什麼蠢事……！」

「為什麼是你在哭啊。」

「因為我還沒有看完啊！」

「哈哈，那真是感謝你。不過啊，就算留下來也沒有意義了。你應該懂吧？既然你讀過內容的話。」

「…………」

妖精所寫的，是以要跟情色漫畫老師一起工作為前提創作出來的輕小說。所以，就算請別人來繪製插畫也沒有意義。

妖精所說的，就是這麼一回事。

這我能理解。雖然能理解……但還是覺得可惜。因為那明明如此有趣。

「話先說在前頭，雖然本小姐輸了，但不代表你贏過本小姐。這一點，你可別搞錯了。」

「……有什麼不同嗎？」

「所以才說你這人有夠遲鈍——」

妖精用袖子拭去淚痕。

「下次會贏的就是本小姐。」

這次雖然輸了，但她還沒有放棄情色漫畫老師……是這個意思吧。

在二樓的工作室裡頭，我和妖精相互對看。

經過幾秒的沉默之後，妖精開口說著：

「所以呢？你打算怎麼辦？總不會想對本小姐說出不打算拿給她看這種話來吧。」

妖精的低沉聲音，帶著殘虐感迴響在其中。

「你可是把本小姐打倒的人喔。」

「……妳這傢伙真是。」

這是什麼讓人火大的激勵方式啊——不過，就如同大師所說的。

我不但讓這個人認輸，還讓她把那個超有趣的原稿丟入碎紙機。

所以絕不能允許我白白浪費這個機會。

我不好好展現男子氣概是不行的。

「……我懂了。」

「嗯？你說啥？聽不見啦——再給本小姐說大聲點。」

「我這就拿去給她看！反正我原本就打算這麼做了啦！」

我這部小說，是為了給妹妹，給情色漫畫老師閱讀才寫出來的。

就算因此被她發現我的心意，我也不打算改變原本的預定。

也許我這一年以來的心血，會全部白費也說不定。

也許在這之後，我會再也沒辦法見到她也說不定。

也許，這是個會讓我失去重要工作夥伴的危險行為也說不定。

但就算如此，也得去完成自己能夠辦到的事情，我已經下定決心了。

「為了這個目的，那個『不敞開的房間』的大門，說什麼也要想辦法讓它開啟才行——」

實際上，關於這個部分，我也只有想過要直接正面對決而已。

例如說……隔著門對她說原稿已經寫好了。或是把原稿跟我的留言一起放在門口，類似這些方法。不過這樣子，紗霧會不會看我的原稿也很難說。

……這半個月來，我都沒有和紗霧見過面。那傢伙連飯都沒有好好吃……完全把自己封閉在房間裡——而起因就是，我對她宣言要以妹妹作為女主角的這部新作。

「我一點也不高興！一點也不高興一點也不高興一點也不高興！我才不會因為這樣而敞開

心扉只會覺得噁心而已！我最討厭大騙子哥哥了！才不可能相信你！馬上給我出去！不要再管我了！」

……從那態度看來，就算像現在這樣寫好了，但我覺得要讓她願意閱讀也是件非常困難的事情吧。

不過，我現在想到了。不對，應該說其實在之前我就已經想到了——惠所想出來的那些我意想不到的想法，給了我許多能夠成為提示（雖然實際上全部不能用）的題材。

同時妖精也給了我一個非常剛好的位置。

「？……你想要幹什麼？」

沒錯。如果是我自己小說中的主角，此時就會毫不猶豫地往前衝……雖然這是剛剛才想到的。

所以我也沒想過竟然得要自己親身實行。

不過……我可不能輸給自己筆下寫出來的主角。

「喂，你有沒有在聽別人講——」

「那還用說。我要去見躲在『不敞開的房間』裡頭的情色漫畫老師。」

「什麼？你這是……難道說！」

妖精似乎察覺出我接下來想要幹什麼了。畢竟，就算沒有「神之眼」什麼的應該也能看出來吧。畢竟我的動作太明顯了。

我——

緩緩地打開陽台的窗戶。

「你是認真的嗎？要是掉下去可不是受傷就能解決的！而且！就這樣跳過去也——」

「無論什麼時候我都是非常認真的！要上囉！」

我打破寂靜，開始奔跑。因為不管精神上或是物理上，都是靠著一股氣勢在推動，所以已經無法停下來。我趁勢跨步出去——

一躍而出。

在這剎那間感受到的浮游感。

馬上讓我有了「啊，這下死定了。」的想法。

跳躍距離雖然無話可說，但好像稍微飛過頭了。

「這樣會撞上對面的窗戶吧！唔，啊啊真是的——！」

妖精判斷出沒辦法阻止之後，在我跳出去的瞬間，開口大聲喊著：

「情色漫畫老師～～～～～～～～～～～～～～～～～～！現在不馬上打開窗戶的話，妳哥哥就會死翹翹喔

～～～～～～～～～～！」

喀啷！

在妖精的喊叫結束前，位於我落地位置的「不敞開的房間」窗戶，被用力打開。

出現在那邊的，是我半個月沒見，身穿睡衣的妹妹。

這一刻，我感覺時間彷彿停止了。

「——」

體感上雖然覺得是我跳出去之後窗戶才打開的，但之後回頭想想，實際上，我跳出去的時間跟紗霧把窗戶打開的時間，應該幾乎同時才對。然後在這之前，妖精就先大喊了。如果不是這樣的話，各方面順序感覺就會很奇怪。

雖然很奇怪——

「哥哥。」

我的確聽到了這個聲音。妹妹焦急的表情轉變為驚恐……呼喚我時的嘴唇動作，所有細微的部分也都看得非常清楚。

「紗霧——我現在要過去囉。」

這個回答，雖然也不可能在一瞬間內就說出來，但我總有說過這種話的記憶。

哎呀，不管什麼事情不實際體驗過一次還真的是無法體會。

戰鬥系小說裡頭也常有——「時間好像停止了一樣」或是「在一瞬間講一大堆話」——這類的描寫，也許意外地不完全都是誇張表現呢。

不管怎麼說，雖然不知為何我可以在這麼短時間進行這麼多的思考——但很理所當然地，我還是沒辦法扭曲物理現象。在根本沒有機會調整姿勢的情況下，我撞上了妹妹。

「！呀啊……！」

因為先撞到了柵欄，飛躍的力道被減輕一大半，所以對紗霧造成的衝擊沒有很強烈這點是不幸中的大幸。如果讓妹妹受傷的話，那不如讓我撞上窗戶還比較好一點。

與其說是撞上，不如說是我壓在妹妹身上將她推倒。

「……唔，痛，好痛……」

撞到欄杆的腳雖然相當疼痛，但臉上卻有柔軟的觸感。

……怎、怎麼了……？我的臉，到底碰到什麼東西……？

緩緩張開眼睛後，出現在眼前的是……

「什……！」

是妹妹的胸部。

這代表……我剛才把整個臉埋進紗霧的胸部裡頭了……

「……唔……什、什麼！」

這時紗霧也張開眼睛。不停地眨呀眨——

「什……！」

因為事情太過突然，讓她一時無法理解，於是便僵硬在原地。

「…………………………」

不、不妙……得快點……得快點說些什麼才行……！

「…………………………」

「不，這個是，那個……就是！」

對、對了！我已經下定決心了啊！如果能見到紗霧，首先就要講出這句話！

我保持著埋在妹妹胸前的姿勢，高舉拿著的褐色信封袋——並且說出已經藏在心中許久的決定性台詞。

「紗霧，新作的原稿寫好了。來看一下吧。」

「！」

紗霧在一瞬間像是思考我話中涵義似地靜止不動——然後……

「~~~~~~~~嗚！」

啪磅！一記強力無比的巴掌招呼在我臉上。

「…………………」

「…………………」

「……………………………………………………那個……抱歉。」

幾分鐘後……臉頰紅腫的我，縮著身子，跪坐在「不敞開的房間」之中。

在我的眼前，正用手抱著身體的紗霧，因為羞恥而紅著臉頰，並且非常不高興的板著一張臉。

「那、那就算了……雖然那樣很不好………………………所以？」

她透過耳麥的麥克風小小聲的說著。

還是老樣子，如果沒有裝備這玩意，聲音就會小到沒辦法進行正常的對話。

但我真的很喜歡……她自然說話時的聲音。

「為什麼，你要做出那麼危險的行為？」

「……那是，因為……妳自從……那之後……就一直不肯開門。」

最近，紗霧經常忘記把陽台的窗戶關上，所以我想說今天可能也是開著。

「我……很擔心妳……但也只能想到這種方法。」

真的很抱歉，我再度鄭重向她道歉。

「………」

紗霧低著頭聽我說著。但她在思考些什麼我就不得而知了。

「……紗霧……為什麼妳會把窗戶打開呢？」

「……咦？」

「剛才，妳是自己把窗戶打開的吧？所以才會跟我撞在一起──」

「──那種事情，無關緊要。」

對於我的疑問，紗霧直接將它完封。然後──

「…………這個。」

她粗魯地把手寫板推過來，讓我看上頭的畫面。

「這是？」

「不開門的，理由。」

原本打算來讓她閱讀原稿的，現在反而變成我是看的這一方。

這真是奇怪的發展，雖然一開始是這麼想……但目擊到畫面的瞬間，我瞪大了眼睛。

「什……！」

我一下子不知道該說什麼才好。各種不同的情感混雜在一起，不知道該拿出哪個來表現才好……

紗霧給我看的手寫板上畫的，是我已經完結的前作《轉生銀狼》系列裡頭所登場的女主角們。

是跟完結紀念插畫幾乎相同的全明星陣容。

但是，有一點跟之前的不同。

這張插畫是「女主角們拿著武器正在戰鬥著」的場景。

——「妳、妳還不是一樣，戰鬥場景的插畫畫得實在有夠爛！」

「妳！這是……！」

「……戰鬥場景，有畫得比較好了嗎？」

「這才不只是比較好而已……幾乎是不同等級了。」

過去明顯不擅長的武器——尤其是重型火砲類的描繪，變得好像是換人畫似地充滿擬真感，非常引人注目。不過，這意思並不是說她改畫擬真風格的插畫……該怎麼說呢，感覺就好像角色們真的「活起來」了一樣。

「…………是嗎？」

紗霧小聲說著並點點頭，雖然語氣上好像很不在乎……但她卻稍微露出了微笑。

紗霧她……無法把感情隱藏起來——這種時候所露出的表情，是最為可愛的。

我到了這種時候，腦中還是一片火熱，沒辦法好好看著妹妹的臉。

「這跟以往相比……是什麼地方改變了？為什麼看起來能夠進步這麼多？」

「……誰知道呢？」

她歪起頭。

「等等，連妳自己也不知道嗎！像是改用了某種描繪方式之類的，難道不是因為這類的原因嗎？」

「我看了格鬥技的比賽影片……還有也閱讀了很多武器的資料。」

所以說——是研究的成果嗎？

「但是，這跟畫的方式，無關……我也不太會說明。」

這些部分，如果是詢問正在實況轉播的情色漫畫老師，相信這類技術面的話題，不管多少她都會很風趣地講解——但對紗霧來說，看來是沒辦法。

「只不過……」

「只不過？」

「人們戰鬥時的心情，我也許稍微……瞭解一點點了。」

「……這……意思是。」

我覺得紗霧跟「戰鬥」這個詞相當不搭。

她稍微擺出了疑惑的動作後，低下頭這麼說：

「……有人死掉，或是受傷的故事……我並不是很喜歡。」

「！」

現在紗霧所說的話，聽起來隱藏了很深的意義。

「這從很久以前就是這樣了。所以不要誤會。」

也許是察覺到我的動搖，於是她這麼補充解釋。

「因為戰鬥……使得喜歡的角色不見了，會很傷心。」

「說得也是。」

情色漫畫老師也曾在轉播中，為死去的角色哀悼或是生氣過。

她真是個溫柔的人。

「過去我對畫這些事物都感到很抗拒。但是……第一次跟你面對面討論作品創作之後……我覺得繼續維持在過去的水準是不行的，也覺得光是只有喜歡的事物能畫得好也是不行的。」

紗霧……情色漫畫老師說出了跟一樣是「同類」的妖精完全相反的話。

「……我非常……不甘心，所以。」

紗霧說出這句話的同時，也用力咬緊下嘴唇。

看來是想起了非常不高興的事情吧——她可愛的臉蛋上，散發出令人難以承受的壓力。

「……那個，所謂的不甘心……」

「嗯。」

紗霧用帶著恨意的眼神，指著我的臉。

「……果然是我嗎……當時說妳畫得很爛……的那件事吧。」

紗霧發出「唔唔唔～」的聲音，而且眼神更顯銳利。

哇。那句話，讓她這麼不甘心啊……

不過，的確沒錯。我也曾經有過被人說「那段劇情跟垃圾沒兩樣」或是「我討厭那個角色」

之後，反而因此發憤圖強的經驗。

接著經過拚命的練習——原本討厭到不想寫的劇情，就變得能夠寫得很流暢，像這樣的經歷，我也有過好幾次。

「我也覺得自己非得起身奮戰才行。這麼一想，就變得能夠畫出來了。」

「奮戰……？」

「對。」

「跟誰奮戰？」

因為被抱怨之後很不甘心，因此才發憤圖強……所以要奮戰的對手，是我嗎？

「…………」

紗霧搖搖頭，可是卻沒有告訴我答案。

我妹妹的「敵人」似乎不是我——而是另有其人。

紗霧再次把手寫板推到我的眼前。

「還有其他的。這個，你看。」

「這、這次是什麼？」

接下來出現的，是個女孩子的插畫。這不是我作品中的角色，而是第一次看見的人設。

「上色之後，會變成這種感覺。」

「…………」

「這邊是髮型不同的版本。」

「…………………」

「如何？」

雖然她問我「如何？」——但這已經是一目了然。

「妳……變得會畫巨乳角色了。」

「……算是勉強，能夠拿上檯面的等級而已。」

紗霧不滿地翹起了下巴。

從這說法聽起來，她似乎還不是很滿意。

她真的經過很多練習吧……我們好像也聊過，她之所以不畫巨乳角色的這個話題。

「你看，脫掉之後就是這種感覺。」

紗霧用手指滑動螢幕後，畫面轉換，女孩子的服裝就被脫下。

那是張赤裸著上半身，超級情色的插畫。

「…………………」

「什麼？」

「不，沒什麼……」

喜歡的女孩子，拿出自己畫的色色插畫給你看，仔細一想這還真是不得了的情境啊。雖然知道自己這個想法真是要不得，但還是不禁臉紅心跳。

「感想呢？」

「……您畫得超色的，在下覺得很棒。」

我不由自主使用敬語。

「……嗯。」

紗霧再次展現那個微笑。

……不行。都是因為妖精對我講了那些多餘的事情──讓我開始變得在意。

我們可是兄妹啊。

是嗎……紗霧在這半個月內，一直在畫著這些啊。

當我思考時，突然被用筆名稱呼。

「和泉老師。」

「！是、是的……怎麼了？」

紗霧直盯著我的眼睛並說著。

「這樣就懂了吧？你的新作想要把我撤換掉是不可能的。」

「嗯？」

我一下子無法聽懂她的意思而呆住──

「啥？把妳撤換掉……那是什麼意思！是誰說的！竟然講這種話！」

我在理解的瞬間大爆發。就算這是妹妹所說的，也是讓我覺得不可置信。

結果，紗霧也以很不理性的方式回答我。

「因為……哥哥你有事情瞞著我。還私下偷偷跟奇怪的女孩子見面。還一起看著電腦螢幕……」

這是指我跟妖精在探索情色漫畫老師真實身分時的事情吧。

「哥哥除了工作以外，根本不可能認識那麼漂亮的女生。」

雖然該說妳眼光很準確，但這應該可以說得更委婉一點吧。

「而且……自從跟那個女孩子見面以後……哥哥就變得非常有幹勁。」

啊啊——的確是這樣沒錯。

「所以說……那個人……一定就是新的插畫家吧，然後……沒辦法對我說的理由，也就是這個對不對？」

紗霧像洩氣般地變得消沉。看到這個樣子，讓我不禁覺得——自己真是個白痴。

紗霧再度抬起頭來——她用已經不需要用到耳麥的音量大聲地說：

「所以，我就一～～直躲在房間裡練習！把之前被抱怨的地方改正過來……為的就是要畫出能夠讓哥哥認同我實力的插畫出來！」

「！」

這真是一句直搗核心的發言。這半個月……紗霧躲在「不敞開的房間」裡頭，既沒有好好吃飯，也完全無視我呼喊的真正理由是——

「和泉老師說要創造出以妹妹作為女主角的『究極輕小說』時……我真的很開心！所以我心想，自己絕對要畫這部作品的插畫……！」

這是與之前最後一次見面時，完全相反的台詞。

紗霧把耳麥丟到一旁後放聲大喊：

「我絕對、絕對不會輸的！我才不會把和泉老師交給那種人！」

——一決勝負吧！我的夥伴是不會讓給你的！

真的是白痴。我，還有我們都是……這真是繞了一大圈的擦身而過。

——真是的，這種事一開始就該講清楚嘛——

妖精的台詞在我的腦中不斷迴響。真的就如同她所說的一樣，完全無法反駁。

我沒辦法責備紗霧。

因為是自己我先裝作一副「理想的哥哥」的樣子，還在那說著言不由衷的謊言。

——所謂的哥哥，是不會喜歡上妹妹的——

掩蓋自己的內心，隱藏自己的愛戀情感，只為了成為——自己一見鍾情對象所渴求的「家人」。自己覺得只要這樣就行了，就這麼辦吧。

「那是我的台詞。」

「咦？」

「全部都是誤會！我去見的那傢伙……隔壁山田小姐的真實身分——就是暢銷小說家的山田妖精老師！」

「咦……」紗霧驚訝地睜大眼睛。「山田妖精老師……就是那位？」

「對，就是那個山田妖精老師。那傢伙……」你還在猶豫什麼，快說啊！「那傢伙是情色漫畫老師的超級支持者，她說想跟妳一起工作！結果就跟我吵起來了。於是我們就賭上情色漫畫老師，決定以小說來一決勝負。」

「這、這是什麼情形……這種事我沒聽說過啊。」

「那當然。因為我沒跟妳說，而且我也不想說——一想到比起我，妳更可能會說出想跟暢銷作家一起工作這點，我就害怕得說不出口來。」

像這樣試著說出口，真的是遜到爆炸。

「什、什麼？不可能啊！哥哥你真的是笨蛋！」

「我自己也這麼覺得。結果還是非得像這樣說出來，早知道一開始就說出口就好了。」

「我不是在說這個！……這種事情……！」

「就是會發生啊。」

「這就算了！結果用小說決勝負，要怎麼樣決定誰輸誰贏呢？」

「我們打算把完成的原稿，交給情色漫畫老師閱讀比較後決定。」

「那麼……剛剛哥哥所說的原稿，就是指這個？」

「沒錯。」

「山田妖精老師的原稿……也有嗎？」

「沒有。」

「……為、為什麼？」

「已經被我解決掉了。」

我得意的說著……不過實際上的狀況是，對方讀了我的小說後就擅自發狂認輸了——似乎不能算是我贏過她的樣子。

不過這是在妹妹面前，就稍微讓我耍帥一下也沒關係吧。

「解決掉了……啊………」

聽到我的自吹自擂，紗霧先驚訝的張大眼睛。

「……好厲害。」

她這麼說完後，露出天真無邪的笑容。

「和泉老師……竟然能贏過那個人，真的好厲害喔。」

「是、是啊。」

心跳急速跳動。這比其他任何人的誇獎，都還要令我高興。

「真的很抱歉。我本來是打算讓妳都讀過以後……再來決定勝負的。」

紗霧閉上眼睛，緩緩地搖頭。

「沒有，那個必要。」

紗霧指著畫在手寫板上頭的插畫。

那是比一切都要強悍的證明。

「我從一開始，就是這麼打算的。」

她在此時伸出右手。

氣氛突然一百八十度轉變，她用彷彿是成熟男性的情色漫畫老師般的語氣——

「——和泉老師，今後也請多多指教。」

「我才要請妳多多指教——情色漫畫老師。」

當我回握住那隻手並這麼說時，情色漫畫老師像個女孩子一樣地漲紅了臉。

「人、人家才不認識叫那種名字的人。」

聽見這好久沒聽到的慣用句，讓我稍微露出了微笑。

——可喜可賀、可喜可賀。

——雖然很想就這樣結尾，但這個故事還有後續。

說來也是……我來到這個房間要進行的「主題」……不是為了跟情色漫畫老師和好。

「紗霧……妳肚子餓了吧？」

「……也許餓了。」

當紗霧用手按著肚子，突然就咕嚕的響起一道可愛的聲音。

「…………………」

紗霧沉默的臉紅。我假裝沒發現地站起來。

「妳等等，我馬上弄些什麼來吃。」

「不行。」

紗霧當然也沒有忘記「主題」，所以她拉住我的袖子說著：

「現在……話才講到……一半而已。這次……換和泉老師了。」

紗霧面對我，伸出她的手來。

「那個，讓我看。」

「咦？」

「新作小說——讓我看。」

「啊、啊啊！說、說說說、說的——也是！」

「？為什麼這麼慌張？」

「不，我沒慌張啊？我真的一點都沒有慌張喔？」

「？雖然不太懂……但快給我看吧。」

「我、我知道了。」

咕嘟地嚥下口水——我重新下定必死的決心。

我用供奉神器的動作，把原稿交給紗霧。

這個被妖精評為「給妹妹的情書」的小說。

「那就……請妳看一下。」

「？？？……真奇怪。」

當然，不知道事情來龍去脈的紗霧，很乾脆地就接下原稿——並且很自然地開始翻頁閱讀。

「我現在就，開始看。」

「好、好啊……對、對了……紗霧……在妳看這個的時候，我去煮飯好嗎？」

我這段發言，當然不是只為餓肚子的妹妹著想才說出來的。

當我不等待回應就站起來時，袖子再次被紗霧抓住而止步。

「不行，留下來。」

「為、為什麼？」

「我從哥哥身上感受到一股非常想逃跑的氣息。」

還真是敏銳。

「而且，我的插畫，都直接在你面前拿出來了……真狡猾。」

「……知道了啦。」

只要待在這邊就好了吧！好啦，我不會逃也不會躲的！就孤注一擲吧！

就這樣，我開始面臨讓喜歡的女孩子在自己面前閱讀三百頁的超熱烈情書，這種超恐怖情節的狀況。

這是什麼試煉啊！就連《銀狼》的主角也沒有陷入這種困境過啊！

「…………」

我拭去額頭上冒出的汗水，跪坐著靜觀事情的發展。

紗霧的視線落在原稿上，開始從第一頁讀起……此時，她突然挑起半邊的眉毛。

嗚哇！那段是！第一頁——也就是主角第一次與女主角相遇，一見鍾情的場景……雖然我不是直接這麼寫的……再說設定上跟紗霧比起來也改變很多……在被妖精講出來之前，我實在不覺得會被看穿——

不過……被看穿了嗎？

「…………」

啪唰。紗霧繼續翻頁，但表情沒有進一步的變化。

沒被看穿嗎？真的沒被看穿嗎？很好……沒被看穿。是這樣沒錯吧？

才不過第一頁，我就已經是這副德行了。

我這心臟，究竟有沒有辦法撐到三百頁呢？

「…………」

啪唰……啪唰……啪唰……啪唰……

身穿睡衣的妹妹，以上體育課般的坐姿，閱讀著我的原稿。

寧靜的時間，持續了許久。紗霧雖然沒有展現出滿臉通紅這種簡單易懂的反應，但還是會不時的抬頭，不停偷瞄著我。

她每次偷瞄，我的心臟就像是要發生宇宙大爆炸一樣。

噗咚噗咚地，發出有如打鼓般的節奏。

請大家稍微想像一下。

把情書親手交給喜歡的人——然後請她當場閱讀如此青春的一幕。

灌注內心情意寫在數張信紙上的情書。等待心上人閱讀完畢的這段時間……就算只有短短幾分鐘也感覺像是好幾小時……心情應該就有如等待死刑判決的囚犯一樣。在這地獄與天堂的夾縫中，簡直讓人覺得無法存活。我沒說錯吧？

但是呢……你們聽說我說。我交給她的情書，可是足足有三百頁喔。到對方讀完為止，搞不好要將近兩個小時。

死定了！這次真的是死定了！

光是幾張信紙就讓人覺得像是幾個小時了……這個有如地獄般的拷問，要持續到什麼時候啊！

乾脆殺了我吧！

大概就是這種心情。簡直讓人想放聲大哭。

說不定，我喜歡的人還沒被紗霧發現……因為這種期望的關係又讓我更加……痛苦。因為這就像那種——累積得太過龐大的事物，所以沒有察覺。

「…………………………………」

不知不覺地，紗霧她……轟～～～～～～～地，連耳根子都變得通紅。她的肌膚原本就很雪白，所以變紅的時候就非常顯眼。不論手、腳、臉，甚至全身都染上了羞澀的紅暈。

我想應該是被她發現了。

「…………………嗚………」

「……………………嗚啊………」

紗霧那雙拿著原稿的手變得非常僵硬，眼睛也變得像「輪迴眼」般咕嚕咕嚕地旋轉。呼吸粗重且不規則，簡直像是感冒發燒時的情形。

在近距離目擊到這些情況的我，也陷入跟紗霧類似的狀況。

……結束了。這下子……完……全……被察覺了。

雖然不清楚紗霧對我是怎麼想的，不過如果是「相反立場」的話……

——「……我喜歡……哥哥。」

我毫無疑問會休克死亡吧。

曖昧的體感時間經過一分鐘……兩分鐘……三分鐘之後，紗霧依舊整個人僵在那邊，連一頁也沒有翻過。我鼓起勇氣，向妹妹出聲。

「紗、紗霧？」

「是、是的！」

她回給我一個非常敏感的反應。在沒有麥克風的情況下，紗霧會發出這麼大的聲音，這說不定是第一次。

我煩惱到最後，決定用無比普通的方式問她。

「……妳、妳覺得怎麼樣？」

「那、那個……」

紗霧手拿著原稿顯得十分慌張。

「我、我覺得非常！非常有趣！」

「真、真的嗎？」

雖然我想問的不是這個問題——但她能這麼說，我當然也很高興。

因為太過開心，讓我的情緒高漲起來。

因為這就跟自己家的可愛孩子被人稱讚一樣。

「嗯。雖然，還沒有全部讀完——但是，我很喜歡。」

「是嗎……那樣就太好了。」

「但是……」

紗霧小聲地說著。

「但是？」

「不可以……就這樣子出書。絕對不可以給別人看……很丟臉。」

「…………………………」

的確，這真的沒辦法就這麼出版。就算沒被讀者們發現，我們還是會覺得害羞。

而且──

這個只為了讓一個人閱讀所寫出來的故事，目的已經達成，一切都結束了。我也沒辦法繼續寫出後續。如果想要將它系列化，就必須整個重寫。

平靜的時間持續進行著。紗霧繼續看著原稿，而我則等待著妹妹閱讀結束。

紗霧的閱讀速度，雖然相當緩慢，但我已經不再著急了。

最後，終於……

將我的原稿讀完最後一頁的紗霧。

「哥哥。」

彷彿在細語著愛意般，如此說著：

「我，有喜歡的人。」

「──────」

我睜大眼睛地整個人無法動彈，伴隨著胸口心如刀割的痛楚。

「……是……這樣啊。」

嗯……說的也是。就算是紗霧，就算是個家裡蹲——也還是會有喜歡的人。

不管怎麼說，這傢伙的世界……是非常寬廣的。

對於「我的告白」，這就是紗霧的回答。

沒辦法回應你的心意。

我是這麼解釋的。

這樣就夠了，我如此想著。

這樣就足夠了。

因為我們是兄妹。

因為我已經決定要成為她的家人了。

「我知道了。」

情色漫畫老師
ero manga sensei
終章

隔天，進入六月，我回歸到一如往常的生活之中。

妹妹的家裡蹲狀況沒有好轉。

讓我的原稿出版成書的方法還是沒有頭緒——在這部分的意義上，的確還是「一如往常」沒錯。

但跟不久前的和泉正宗比起來，倒是有好幾個不同之處。

知道了妹妹的真實身分，我對她的情意盛大地被發現，再次和情色漫畫老師約好要一起工作——同時也成功地讓「不敞開的房間」的封印趨於緩和。

然後就是暢銷作家大師，搬進隔壁居住了。

「哦～～你還真的讓她在面前全部讀完啦。」

「是啊，就跟妳說的一樣，全部都被發現了。」

「對吧～～本小姐就說了嘛。不過——這樣啊，是這樣子啊。你被甩了啊。」

「……怎樣啦……竟然笑成那樣。」

「咕嘿嘿嘿，活該～～♪」

可惡！這傢伙！讓人有夠火大！

現在，我人在水晶宮殿的工作室跟妖精聊天。只有知道一切因果關係的這個傢伙，我認為有必要對她報告一定程度的經過與結果。

「我的部分大概就是這樣子——妳那邊怎麼樣了？」

「什麼怎麼樣了？」

「不是吧，就是在說——原稿啊。不是指跟我對決時用的，而是要動畫化用的，那個不是應該也在上個月底就要截稿了嗎？」

「啊啊……那個啊。」

妖精將身體深深埋入多功能電腦椅之中，雖然她很難得的有將Word軟體打開，但是在我有注意到的時間裡，都沒看到她打半個字出來。

出現在筆記型電腦上頭的，還是只有一片空白的畫面而已。

「呵呵呵——本小姐當然是連一個字都沒有寫！」

「少講得那麼得意！妳這樣不是糟糕透頂了嗎！」

動畫化企畫正在進行時的原稿，遠比普通的原稿要來得重要，如果延遲了可不是開玩笑的，就連還沒有跨媒體製作經驗的我也能想像得到。

出版社或是動畫製作公司派來的刺客，可是會追殺到天涯海角啊。

「現在這根本不是跟我決勝負的時候了吧。妳為什麼不先把動畫化這邊的稿子寫完？」

「因為獲得情色漫畫老師這件事情對本小姐來說，優先度當然是遠高於把動畫化作品的原稿寫完啊。」

所以才會先寫這邊——妖精很沉著地這麼說。

……那個小說，真的是好看到令人嘆為觀止。到底是費了多大心血才寫出來啊？

真虧我還能夠讓這傢伙認輸。

但話說回來……目前這個時間點上進度是零……

雖然不清楚真正的截稿日是何時……但真的沒問題嗎？

「光是聽妳這樣講就感到胃痛了，之前那個『完成原稿召喚』什麼的招式就快點用一用吧。」

「那招昨天才用過所以不可能。想要使用『完成原稿召喚』這技能，必須滿足好幾個條件才行。例如說，最少需要一個月的魔力充填時間等等……」

意思是沒有偷偷撰寫原稿的時間就不能用吧。直接講不就好了，這人真是有夠麻煩。

「如果能夠連續發動的話，那就真的成為Ｓ級技能啦。雖然總有一天可以成長到那個等級，但是對現在的本小姐來說是沒辦法辦到的。」

「喂喂，山田妖精大師啊，雖然妳好像一副老神在在的樣子，但現在已經過了截稿日，整體來說妳要怎麼解決這個狀況？」

「唉唉~~……真沒辦法。本小姐本來不想用這一招的。」

妖精帶著憂鬱的表情嘆氣，閉上眼睛，很莊嚴地詠唱。

「Ｃ級技能『大劣化版時間操作』——世界的『時間』已經被扭曲……回到五月的時候。哎呀呀呀……今天就是五月三十二日，總算是撐過截稿日了。」

當然截稿日不可能就這麼撐過，幾分鐘之後，妖精被強制進入趕稿地獄之中。闖入工作室裡頭的墨鏡黑西裝集團抓住她的雙手，接著她被黑漆漆的進口車載走。目送大師離去的我，只能低聲自言自語說著「動畫化好可怕」這句話。

不過這也是幾分鐘後的事情，現在這個時間點，妖精還在我眼前。

她對我這麼說：

「結果呢？在那之後怎麼樣了？」

我想起昨天的事情。

在「不敞開的房間」裡，我和紗霧面對面交談之後，那時的事情。

「紗霧……我現在有個夢想。」

「哥哥的——夢想？」

我重重點頭。

「啊啊，沒錯。是我一個非常遠大的夢想。」

「能告訴我嗎？」

「那當然。」

我站起身來，露出大大的笑容。述說夢想時，怎麼能不笑著說呢。

「我要讓這個原稿出版成書。當然，照目前這樣是沒辦法的。我會重新構想，寫好企畫書——讓責任編輯承認，不從這裡開始是不行的。但是，我一定會讓它出版。要讓許許多多的人感到有趣，要讓他們喜歡上主角跟女主角，然後獲得爆炸性的人氣，輕鬆賺到能夠獨立生活的錢，接著就是動畫化！如何？很厲害吧？」

紗霧她絕對不會走出房間。

要走出房間時，只會在沒有任何人在的時候。

沒有辦法強行把她帶出來。也沒有辦法把她拖出來。

否則，她的心靈就會崩壞。

這個事實，不管是我或我們的監護人，都已經很清楚了——就在一年前的那個時候。

在老爸跟媽媽再也沒有回來之後。

到底該怎麼辦才好——我不斷地、不停地思考著。並且持續奮鬥著。

「這就是……哥哥的夢想？」

「不對！不對！這些只是事前準備！」

我以誇張的肢體動作表示否定。熱門暢銷動畫化——在那之後所要實現的。

「我有更加遠大的夢想！要在我們家的客廳，買一台非常非常巨大的液晶電視！準備一組貴到不行的音響設備！再準備個豪華的蛋糕插上蠟燭！」

我面向妹妹，貼近她的臉龐後熱烈地說著：

「然後把妳帶出房間，兩個人一起看動畫！那將會是由我擔任原作，由妳繪製插畫，屬於我們兩人的動畫！」

我總算懂了。

我的夢想，就只有這個而已。

「這樣子——我想一定會非常快樂！而且也一定可以笑得亂七八糟！動畫這個東西，是能讓幾十萬人一起感動落淚或是開懷大笑的喔！只要能投身於如此熱鬧的祭典之中——只要能置身於如此歡樂的騷動裡頭——悲傷的事情什麼的，也許就能全都被吹跑了！」

我想要讓她看見自己想像極限中的最大幸福。

我想要以自己能辦到的最強歡樂，把讓妹妹哭泣的事物全部打飛。

我想要成為妹妹的天鈿女命（註：日本神話的女神，傳說中她以舞蹈將躲藏在天岩戶中的天照大神吸引出來）。

我最喜歡紗霧了——

因為，我是她的哥哥。

「這就是我的夢想。也是絕對要達成的目標。」

「咳咳、咳咳……！」

因為一下子喊得太大聲，結果就開始咳嗽了。連眼淚都冒出來。我這傢伙怎麼老是這樣，竟然沒辦法作個帥氣的總結——

「……是嗎……這次，也是這樣。」

聽完我的夢想後，紗霧小聲的自言自語後站了起來，接著往門口的方向走了幾步。

……剛才，紗霧她……講了「這次也是」嗎？

紗霧背對著我停下腳步，撿起剛才丟在地上的耳麥。

接著緩緩將它戴上。

然後——打開房門，往房間外走出一步後，轉過頭來。

「！……妳……妳這是……」

怎麼可能。

她的「家裡蹲」症狀，可不是靠氣勢或毅力就可以解決的東西。

就連醫生也是這麼說，而我也徹底親身體會過。就在一年前。

所以，這真的是……

有如夢境般的景象。

紗霧跟以往不同，露出充滿自信的笑容呵呵笑著。

「你從以前就是這樣呢，和泉老師。」此時，紗霧的聲音透過變聲器轉為情色漫畫老師的聲音。「你總是為我帶來夢想。」

那是好像在哪聽過，總覺得很令人懷念的語氣。

「很好啊，和泉老師。我們就大幹一場吧。這麼有趣的事情，怎麼能只讓你一個人獨享。這不是你一個人的夢想——讓它成為我們兩人的夢想吧。」

這不是我的妹妹，也不是紗霧，而是我的夥伴——以情色漫畫老師的身分所說的話。

然後「他」把耳麥拿下丟在一旁，變回「她」之後。

咚咚，跟往常一樣地用腳敲響地板。

「……肚子餓了。」

「…………哈哈。」

我笑出聲來。

這是我第一次知道，當內心感到滿足時，第一個浮現的感情竟然是這個。

「好啦好啦，我知道啦。稍微等一下喔。」

這是邁向夢想所踏出的第一步。

這一天發生的事情，絕對是我這一生無法忘懷的吧。

後記

閱讀過前作《我的妹妹哪有這麼可愛！》的各位，我們又見面了。沒有讀過的各位，初次見面，我是伏見つかさ。

真的非常感謝各位能拿起這麼像色情書刊書名的書，以及閱讀到最後。特別是在鎮上的書店購買的讀者，把本書拿到櫃台結帳時，可能會感到很羞恥吧。

也可能會有人因為本書的內容沒有書名給人的印象那麼情色，而感到憤怒也說不定。

真是非常抱歉。同時，也在此說聲謝謝各位。

《情色漫畫老師》對我來說是久違的新作，各位覺得如何呢？如果能讓您覺得有趣，或者是只要有一個為您帶來歡樂的笑點，我就開心了。

如果能讓讀者笑個兩次的話，對我來說就是大勝利。

因為已經寫了好幾年的「我妹」系列的續集，對於現在是否還能夠寫出全新的系列作品，雖然抱持著些許的不安，不過實際撰寫後我就覺得十分新鮮有趣。

登場人物全部都是新角色，不管是設定什麼的都得要重新開始創作，撰寫系列型作品絕不能被允許的「果然還是全部重寫吧」也發生了好幾次……痛苦與樂趣交相混雜，真是令人懷念的感覺。

在撰寫本書時，我收到了前作讀者的來信以及紀念留言板。

這全都成為我貴重的寶物。如果可以的話，希望這次也能收到各位的來信。

除此之外，在千葉及美國有動畫最終回的上映會，在池袋太陽城有簽名會，在千葉車站前的上空，有本人作品塗裝的單軌電車在運行……

這些全部都讓我感動到差點落淚。也讓我獲得撰寫新作的力量。

有人能對自己的作品說出「喜歡」這句話，真的是非常幸福、愉快以及有趣的事情。即使說是「人生中最棒的事情」也絕對不為過。

我會盡最大的努力，讓第二集儘早與大家見面。

二〇一三年十月　伏見つかさ

情色漫畫老師

國家圖書館出版品預行編目資料

情色漫畫老師. 1, 妹妹和不敞開的房間 / 伏見つかさ作 ; 蔡環宇譯. -- 初版. -- 臺北市 : 臺灣角川, 2014.08

面 ; 公分

譯自 : エロマンガ先生 : 妹と開かずの間

ISBN 978-986-366-077-4(平裝)

861.57 103012259

Kadokawa
Fantastic
Novels

情色漫畫老師 1
妹妹和不敞開的房間

（原著名：エロマンガ先生 妹と開かずの間）

２０１４年８月27日　初版第１刷發行
２０１９年２月18日　初版第７刷發行

作　　者：伏見つかさ
插　　畫：かんざきひろ
日版設計：伸童舍
譯　　者：蔡環宇

發 行 人：岩崎剛人
總 經 理：楊淑媄
資深總監：許嘉鴻
總 編 輯：蔡佩芬
編　　輯：陳凱筠
設計指導：陳晞叡
印　　務：李明修（主任）、黎宇凡、潘尚琪

發 行 所：台灣角川股份有限公司
地　　址：１０５台北市光復北路11巷44號５樓
電　　話：（02）2747-2433
傳　　真：（02）2747-2558
網　　址：http://www.kadokawa.com.tw
劃撥帳戶：台灣角川股份有限公司
劃撥帳號：19487412
法律顧問：有澤法律事務所
製　　版：尚騰印刷事業有限公司
ＩＳＢＮ：978-986-366-077-4
香港代理：香港角川有限公司
地　　址：香港新界葵涌興芳路223號
　　　　　新都會廣場第2座17樓 1701-02A室
電　　話：（852）3653-2888